GOBOOKS
& SITAK
GROUP©

三日月書版

三日月書版

有閒貴族艾略特的
優雅事件簿
栗原千尋
Yukan Kizoku Elliot no
Yuuga na Jikenbo
Chihiro Kurihara
LN005
三日月書版

Yukan Kizoku Elliot no Yuuga na Jikenbo

Contents

他所記得的，是一片湛藍。

「艾略特，快來看看。很漂亮吧？」

那是在艾略特十歲的時候。全家人搭上父親的小型帆船，自英格蘭東南部的布萊頓出海。不知航行多久，美貌依舊的母親搖曳著一身以旅行來說過於華麗的鵝黃裙襬，對艾略特喚道。

在船頭晃著腳的艾略特，一臉不解地回望她。

「我只看到天空和海，母親大人。」

他有些不悅。四周是一望無際的大海與天空，風平浪靜的大海，有如用鑿刀削去一顆巨大藍寶石的表面一般閃閃發光，僅此而已。

凝視著一臉無趣的兒子，母親瞇起和大海同樣色彩的眼眸說：

「這樣呀。那天空和海是什麼顏色？」

「是藍色的。母親大人也看得到吧？」

艾略特語氣生硬地說。在甲板上工作的父親和船員傳來笑聲，艾略特才想著這有什麼好笑的，就見到母親臉上也滿溢著笑容。明明無風，鵝黃的禮服卻微微擺動，四周的蔚藍烙印在艾略特眼中。母親輕聲說道：

「只要你看得見就夠了，艾略特。」

1 降靈會與消失的訂婚戒指之謎

「艾略特，你知道世人是怎麼稱呼你的嗎？」

「是插滿華麗鮮花的陶瓷花瓶上描繪的小鬼，還是一條獨眼的劣種狗？」

這宛如戲劇般的措辭，卻不可思議地不會讓人感到嘲諷。

來自法國的貴婦順著他的口吻，誇大地嗤笑一聲。

「還真會說。你是劣種狗的話，這國家的男人豈不是一群脖子上繫著領帶的老鼠？他們都稱你為『幽靈男爵』喔。」

貴婦用帶有法國口音的英語強調「幽靈」一詞，酒店豪華客房裡的落地大花瓶就發出了笑聲。

正確來說，是在滿是鮮花的花瓶後面。他低聲笑了笑。

「原來如此，幽靈是嗎？可以理解，但還真是第一次聽說。還是我忘了？畢竟我就是這樣的男人，過去還有嫉妒到發狂的紳士對我開槍，而且是將槍口抵在太陽穴——砰！」

男人很有氣勢地模仿槍響，突然從花瓶另一邊探出頭來。

年齡大約是二十歲後段——不，也許只有二十歲中段。明明是成熟男人的體格，臉上浮現的笑容卻有些孩子氣。

他以流暢的動作舉起雙手的香檳杯，向貴婦走去。

「幸好那個時候子彈射偏了，但也可能是我搞錯了。其實我頭上早就被開一個大洞，才會這麼健忘也說不定。來吧，請用香檳。反正什麼事情都會忘記，從白天就喝個爛醉不也一樣嗎？」

「又淨說些玩笑話！之所以叫你『幽靈』，是因為你一定會出席倫敦的靈異集會。還是只要一離開視線，你就會變成一陣煙消失不見的關係？」

將玻璃杯遞給語帶埋怨的貴婦，艾略特在她坐著的躺椅一角輕輕坐下。他默默注視著她，良久緩緩側頭一笑。笑容將他原本就俊美的容貌襯托到幾乎失去禮數的甜蜜，貴婦的臉頰逐漸紅了起來。

艾略特總讓人聯想到親人的黑豹。

有如大英博物館阿波羅像的美麗臉龐。不管是仔細往後梳整的黑髮，還是中心泛著橙色的湛藍色眼眸，都散發出燦爛的陽光國度芳香。但他的肌膚卻蒼白得猶如死人，右眼繫著烏黑眼罩，將危險掩蓋於下。

隱藏著利爪的溫文男子維持著熱切的視線，微啟薄唇。

「原來如此，所以才叫『幽靈男爵』是嗎？這主意挺好的，假如妳的丈夫氣沖沖地從那扇門進來，這次我決定在他開槍之前先化作一縷煙。」

艾略特說著，將自己的玻璃杯與貴婦的輕碰。纖細的聲響在高級酒店的房中微微響起又逐漸消失。

本應身經百戰的貴婦似少女般地紅著臉，語氣輕浮地繼續說：

「究竟該怎麼做才能逮住你呢？如果我說要告訴你降靈會的情報，至少今天和明天能陪在我身邊嗎？還是你比較想聽可疑沙龍的事？『幽靈男爵』先生。」

一提到降靈會，艾略特的眼眸就閃過一道光。

「那還真不能置若罔聞，請務必讓我聽聽降靈會的事情。」

看他比想像中還要積極逼近的模樣，貴婦有些膽怯地接著說道：

「你真的非常熱衷呢。那些東西可是讓我膽戰心驚，不能和你一起去哦？明白的話，你知道有一個集會叫『沉默的降靈會』嗎？」

「可惜，我沒聽過。沉默是怎麼回事？所有人縫上嘴巴參加嗎？」

「怎麼可能！拜託別有過於低劣的發想，我說過會怕的吧！不是你想的那樣……只是聽說那個降靈會，會發生非常可怕的事情。」

「非常可怕的事情？」

艾略特表情嚴肅地複述。貴婦點點頭，繼續說道：

「沒錯。由於太過可怕，結束之後不論是誰都對那場降靈會發生的事閉口不談，所以才叫『沉默的降靈會』。我聽到的時候都渾身發顫了，儘管我不信那些高談靈異的人，不過因害怕而沉默不是很有說服力嗎？」

「同意。非常同意啊，夫人！」

艾略特用力點頭，不知不覺有人味多了。

貴婦鬆了口氣。雖然不能大聲張揚，出身於法國前貴族世家的她，在每日悠然自得地到處旅行的生活中，迷上比自己年輕許多的神祕美男子。

「嘿，艾略特。要不要再來一杯香檳？在那之後……」

貴婦以帶著嫵媚的語氣提出邀請，艾略特卻突然抓住她的手臂。他將臉湊近驚訝地睜大雙眼的貴婦，追問道。

「夫人！『沉默的降靈會』是哪一位人士舉辦的？可否告訴我這個可憐的鬼魂！」

「做什麼呀，突然這樣！好吧，呃，我記得是義大利的……」

「義大利的？」

「莫、莫爾達諾伯爵的樣子……？」

也許是沒打算這麼快就交出籌碼，貴婦含糊其辭地說出名字。

艾略特記下這個名號，開心地笑出聲。接著他俐落地起身，在貴婦的手指落下一個吻。

「謝謝您，夫人。願花朵在您的路途盛開綻放！」

「呃？等等，艾略特！你要去哪裡呀，艾略特！」

艾略特對貴婦的叫喊無動於衷，拎起自己的禮帽和斗篷就飛奔出去。逕自穿過奢華走廊上的賓客們，無視那些詢問「您需要什麼幫助嗎？」的侍者，艾略特一頭探進僕人休息室。

「柯尼！要回去嘍！」

他一喚，坐在沙發上閒聊的女僕們嚇得握住彼此的手。這裡是紳士淑女帶來的僕人等待主人的房間，主人很少會親自來招呼他們。

休息室內的僕人對究竟發生什麼事議論紛紛，一個金髮少年從嘈雜的房間一角迅速奔向艾略特。他像人偶一般面無表情，淡淡說道：

「艾略特先生，您不留下來過夜嗎？」

「對，『幽靈男爵』的工作來了！我得馬上回宅邸找『沉默的降靈會』的邀請函！」

艾略特喊道，幾乎是拉著少年的手走向正門。

「老爺，請您慢走。」

穿著酒店配給制服的兩名門僮為艾略特打開雙門，潮溼的倫敦氣息撲面而來。艾略特以充滿期待的微笑將其驅散，帶著少年在陰霾的天空下步出酒店。

◇

十九世紀下半葉，維多利亞時代的倫敦。

工業革命崛起的這個時代，既是科學的時代，也是超自然主義的時代。隨著世界急速向科學傾斜，信仰的力量減弱，人心無處可去的焦慮和恐懼以超自然的形式爆發。

降靈會就是其中之一。

為了治癒頻繁的饑荒和南北戰爭帶來的創傷，在美國誕生了「與靈魂交流」的思想，後來透過海上定期航班傳入英國。

「把這個月寄來的所有邀請函都拿出來！」

一回到宅邸，艾略特就高聲喊道。

艾略特繼承了與自身氣質相反的古老英格蘭貴族血統，名下的聯排別墅就在肯辛頓花園旁邊。

如同貴族曾在宮廷參與政治，這個時代的世襲貴族家主，會自動成為貴族院議員。因此從舉行議會的九月到隔年三月底，他會離開領地的鄉間宅邸，在倫敦的聯排別墅中度過時光。

聯排別墅不過是這段時間的臨時住所，且位處倫敦大城，所以規模和裝修都比鄉間宅邸簡單。艾略特的別墅也不例外，卻擁有找遍全倫敦也找不到第二人的獨特之處。

「歡迎回來，老爺。您需要上個月收到的所有邀請函，是嗎？」

出來迎接的管家史蒂文斯，以完美的舉止接過家主的禮帽和斗篷問道。

「是啊，已經扔了嗎？」

「老爺有吩咐的信件之外都保管著，但數量非常龐大。」

儘管年約四十，史蒂文斯的表情和語氣都肅穆得有如以傳統塗布成形的四方體。覺得這樣的他有點好玩，艾略特微笑著彎下腰，盯著他的臉。

「能全部送進書房嗎？」

「……好的。」

回答艾略特的問題時，管家的眉毛微微動了一下。

就在這時，一位白髮蒼蒼的老者從管家身後出現。他同樣穿著一身像是管家的筆挺服裝，但比史蒂文斯沉穩得多。

老管家對艾略特附耳說道：

「書桌能不能放得下就很難說了。」

「好吧，那就改半個月的。柯尼會幫忙檢查內容。」

聽艾略特這麼一說，史蒂文斯明顯鬆了口氣。不過他很快就恢復嚴肅的姿態，一股勁地逼近艾略特。

「是否需要我從旁協助？」

「你當然能幫上忙，但我想讓柯尼多記一些這個階級的人的名字。一個沒有背景的童僕今後要出人頭地，這些都是必要的知識。」

艾略特用略為平靜的語氣解釋道。史蒂文斯看了一眼在艾略特身邊屏住氣息的柯尼，短暫沉默後點了點頭。

「好的，如您所說。那麼這半個月的邀請函會讓柯尼拿過去，我再為您送上茶點。」

「交給你啦，估個時間，在我們工作到有點膩的時候送來。餅乾稍微烤焦一點正好。好啦，柯尼，去吧。」

「好的。」

柯尼立正不動地回答，快步跟上史蒂文斯。

目送他一頭金髮閃閃發光地穿過門廳，留下的艾略特和老管家走上略顯狹窄的螺旋樓梯。

「詹姆斯，你不覺得他是一個直率又熱心的好孩子嗎？」

「您是指史蒂文斯嗎？」

對於艾略特的詢問，名為詹姆斯的老管家低聲回道。艾略特似乎看見詹姆斯挺拔的衣領有微妙的高度變化，噗哧一笑。

「哈，我可還沒辦法稱他為『孩子』，我說的是柯尼。」

「柯尼當然是個好孩子，我們每個人都很喜歡柯尼。但是艾略特先生，史蒂文斯也是一個真誠的好人。正因如此，他才擔心老爺您總是參加奇怪的靈異集會，而不參加正經貴族小姐們會出席的宴會。」

「嗯，是這樣沒錯。我知道你想說什麼，詹姆斯，史蒂文斯就是愛操心。」

艾略特微微苦笑著說。他的聲音變得有些稚嫩，大概是從小詹姆斯就在他身邊的緣故。老管家來到書房門旁，恭敬地行了一禮，接著頑皮地笑了笑。

「我也會擔心您。少爺一直都讓我很擔心啊。」

「這我也知道。你可是從船上就一直跟著我，根本是操心的專家。」

艾略特回應道，頂著一張無辜的共犯表情。

這時，柯尼抱著滿滿一箱的邀請函走了過來。

「老爺，總共就是這些。」

「喔！收穫量還不錯。我對亮晶晶的蘋果沒興趣，有多少毒蘋果或爛蘋果呢？」

艾略特眉開眼笑地說，自己推開書房的門，將柯尼迎進房裡。

柯尼略帶歉意地走進房間，將盒子放在桃花心木桌上。

書房是艾略特從前任家主繼承宅邸後，第一個進行改造的地方。剝去原先的壁紙，改成讓人聯想到非洲叢林的綠色植物圖樣，還特地請來畫家，在天花板畫上藍天和翱翔的鳥兒。

掛在牆上的名畫和陶器都被送回鄉間宅邸，改在牆上釘上展示架。架上擺放著稀有動物的標本、頭蓋骨、以脊椎骨做成的項鍊、怎麼看都像是金屬的寶石，以及各種博物學喜好的收藏。

任何來到這間書房的人，一眼就能知曉家主的所愛之處。

那就是「美麗」和「驚喜」。

艾略特熱愛這兩種元素之間絕妙的平衡。

「好了，我們要找的是義大利莫爾達諾伯爵寄來的邀請函。這幾年努力下來，全倫敦的降靈會邀請函都會寄到我這裡。聽說最近還有人叫我『幽靈男爵』，找到的機率應該很高。來吧，柯尼。」

「好的，艾略特先生。」

柯尼平淡地回答，將整箱邀請函倒在被展示架和書架包圍的書桌上。艾略特不得體地吹起口哨、哼著小曲，拿起一封封的邀請函又放回箱中。

柯尼也站在一旁，一邊參與工作一邊問主人：

「艾略特先生，『沉默的降靈會』會不會最後也是假的？」

「去了才知道。據說是一場恐怖到所有參加者都保持沉默的降靈會，說不定是真的。如果能和特定的死者交流，那可是一項了不起的技術，因為我只能『看見』他們。」

艾略特柔聲說道，笑著將手指撫貼在眼下。

「請不要說什麼只能看見，我真的只能偶爾看到。」

柯尼難為情地眨眨眼，垂下眼睫的模樣簡直就是個少女。

而且是特別漂亮的美少女。泛著蜜色光澤的蜂蜜色金髮，加上天生就如天使的鬈髮。有些過大、泛著神祕灰綠色的眼瞳，周圍繞著金絲似的睫毛。看起來是十二三歲左右，實際上應該有十五歲，這是艾略特的想像。

「要是我能看到更多，也許就能幫到艾略特先生，真是沒用，我就只能辦到呼喊您這種程度的小事。」

「看見太多也沒有好處。過分依賴視覺是很危險的，你看。」

艾略特指著牆上一幅神祕的袖珍畫，堅定地說。與其說是對傭人，更像是跟年幼許多的弟弟說話，他繼續說道：

「那是近年來發現的微生物袖珍畫。那些東西會引起疾病，使傷口腐爛，分解屍體，但因為肉眼看不見，一直被當成『不存在』的東西。所有疾病都被說是從惡臭而來，甚至以為昆蟲是從空氣中誕生的！只相信自己所看到的就是這麼回事。」
「是的。」
「有些東西看不到，重要的是要相信它，柯尼。你知道我去倫敦各地參加降靈會的真正原因嗎？」
艾略特平靜地說，柯尼將視線從袖珍畫移回，回答道：
「是的，艾略特先生。您在用自己的力量，打倒那些『假裝看得見』、欺騙別人的冒牌靈能者。就像打倒那些侮辱您家人的傢伙，以及做出我的魔術師一樣。」
艾略特微微苦笑，揉了揉他蓬鬆的金髮。不知道在這個少年身上，自己的話語滲透了多少，但他只能不斷重複地述說。
要找回被手法細膩的殘害奪去的東西，是需要耐心的。
「仔細聽著，柯尼。儘管我幫助你只是出於同情，但把你留在身邊是因為你能幫上我的忙。你那片斷卻『看得到』的天賦，還有在馬戲團培養的體能，都是制裁冒牌靈能者不可或缺的條件……最重要的是，你的這雙手一直都在拯救我。」
跟在艾略特身邊的童僕，也就是低階男僕的柯尼，原本是馬戲團魔術師的助手。對柯尼遭受的可怕待遇感到難以置信的艾略特，好說歹說地用錢將人贖出馬戲團後，現在柯尼的一切生活全都由他照料。

艾略特緊戴著手套的手指，輕輕觸碰了柯尼的手。柯尼那曾滿是厚繭的手已經變得柔軟許多，但仍然是勞動者的手。

與人偶般的臉龐相反，是一雙有溫度的手。

這是人的手。

「我的、手……」

柯尼眼神飄移，緩緩吐出字句。發現自己觸碰到的手正在微微發抖，艾略特刻意提高音調：

「好啦，差不多該回到工作了。找到要找的毒蘋果了嗎？」

「可惜，這裡面似乎沒有。我去把更之前的拿過來吧？」

回過神來的柯尼問道，艾略特含糊地應了一聲。

這個結果，在某種程度上是預料之中。莫爾達諾伯爵這個名字似乎在哪裡聽過，但反過來說，也只是聽過而已。社交界終究是「熟人的聚會」，看似寬廣，實則狹小。既然是頻繁舉辦降靈會的靈異愛好者，應該更熟悉彼此才對。

這時，傳來穩重老管家的聲音。

「老爺。」

「嗨，詹姆斯。怎麼了？是不是差不多想休假了？」

老管家詹姆斯對艾略特的玩笑報以溫柔的微笑，說道：

「有客人來訪。您要在這裡會客嗎？」

「不，我們下樓去吧。我應該沒有預定的會面才對，客人是男性還是女性？」

「是您『工作』上的客人。」

「噢，那好，馬上過去！」

艾略特眉飛色舞，讓柯尼拿著鏡子整理服儀。他將頭髮梳理整齊，重新繫好體面的阿斯科特領巾，最後調整好眼罩位置，打開書房的門。

史蒂文斯正好端著紅茶過來，年輕的管家急忙收拾好困惑的表情。

「老爺，您要去哪裡？」

「把茶端到會客室來，我想改在那邊喝！」

艾略特給出最低限度的指示，就跳過一階梯級，下樓去了。

「少爺，這樣很沒規矩，請您一階一階地走。」

「我已經在心裡妥協，一次只跳三階了，快誇獎我！」

在被詹姆斯從背後責備的同時，艾略特快步奔進了會客室。

與書房截然不同，為來訪者打造的明亮空間中，從壁紙到窗簾都統一選用奶油色。以這個時代而言，陳設可以說是少得可憐，但地板上的藍色大花瓶卻盛放著大量格外新鮮的花朵。

客人是一位年輕女性。她將手優美地搭在織著野鳥和植物的椅背上，望著窗外。

簡直就像密林中美麗的鳥，艾略特心想。

愛好非洲旅行的親戚寄來的畫中，就有像她這樣的鳥兒。樸素而高級的外出斗篷下，藏著時髦的男裝式樣上衣和巴斯爾裙撐，搭在椅背上的手戴著完美合身的小山羊皮手套。她頭上高雅而大小適中的繫帶女帽柔和了一身正式裝束，飾有帶著深秋光澤的藍黑色寬緞帶。

打扮如此穩重的千金小姐，沒有事先約定就登門拜訪，還隻身一人來到未婚男性的家中，這是很不尋常的狀況。要是被社交界那些囉唆的人知道，這一個月又會被捕風捉影，鬧得沸沸揚揚。

艾略特速速趕走將紅茶端送至桌上的史蒂文斯，禮貌地招呼客人。

「很高興認識您，小姐。我是——」

「我有聽說關於您的傳聞。」

像是要打斷艾略特的話，她將一雙沉鬱的眼眸望向他說道。艾略特對她的態度感到有些狼狽，但很快就慈愛地瞇起眼睛。

「就算是傳聞，能從以前就與您這麼美麗的小姐相會，我打從心裡感到高興。話說回來，傳聞中的我是個什麼樣的人？因大叔父去世而繼承男爵爵位的幸運小子？從戰爭歸來的莽夫？更極端一點的，一個『花花公子』？或者是——降靈會狂熱者，愛好靈異到無可救藥的『幽靈男爵』？」

「都不是。我聽說您有提供幽靈相關困擾的諮詢。」

她說完後緊咬嘴唇，凝視艾略特的眼睛。

彷彿被吸引似的，艾略特也盯著她的雙瞳。

他覺得那是一雙堅強而脆弱的眼眸。

那是極力逞強，只憑意志力走到這一步的人的眼睛。

仔細一看還很年輕……不到二十歲的年紀，是不折不扣的「小姐」。這個時代的貴族女性在踏入社交界之前，一般都是在宅邸或寄宿學校，徹底與外界隔絕長大。和艾略特這種一看就很可疑的男人面對面，光是這樣的從容就讓人感到可怕。

她有一個無論如何都必須解決的問題。

而且還和幽靈有關。

「請先坐下，喝杯茶冷靜一下。」

「在那之前，請先回答您能不能接受我的委託。」

為了安撫這位頑固的女性，艾略特立即答道：

「當然會接受。我並非世人所說的那種單純的靈異愛好者，如今是空前的靈異熱潮，只要形成熱潮就會玉石混淆，以詐欺師為首的惡徒也會被金錢的味道吸引而來。幸好我並不為錢所困，正因為『看得見』，我才認為接受靈異相關的諮詢是我的使命。」

艾略特如此宣告的聲音平靜而清晰，眼睛始終注視著女性。他的眼中閃著偷情對象的貴婦絕不曾見過的真摯光芒，透著一股可說是單純的真切誠意。

委託人的女性盯著他看了一會，終於鬆了口氣。像是艾略特的影子一般等候在旁的柯尼，連忙拉開椅子讓她坐下。

委託人瞥了柯尼一眼，在艾略特說「他是我的助手」後，似乎放下了警戒。她等艾略特落座後開口：

「……我想請您幫我尋找在某場降靈會丟失的東西。」

「某場降靈會，是指？」

聽到艾略特的提問，女性咬了咬豐滿的嘴唇。她使勁交握雙手，右手手指在左手手指上來回摩挲。

「我不能再說下去了。無論是主辦者或參加者也好，還是現場發生了什麼……就連弄丟了什麼東西，我都難以告訴您，但我可以為您帶路。」

「……我明白了，是『沉默』。」

「您說什麼？」

女性有些疑惑地抬起頭。

艾略特稍遲一步地站起身，張開雙臂說道：

「參加者全都保持沉默，您出席的不就是『沉默的降靈會』嗎？小姐，您是我這可憐男人的恩人，您說的降靈會，正是我們現在最想去的。我當然會接受您的委託，這是我獻上靈魂的工作！我一定會幫您找到失去的東西！」

◇

幾天後，已是深夜時分。

作為倫敦的流行中心，皮卡迪利不曾沒入夜晚的黑暗。零星佇立的煤氣燈以內部的機械鐘燃燒煤氣，直到天亮。

一輛馬車轆轆駛過這樣的燈光之間。發出刺耳的聲音拐進岔路後，傳來了人群的喧鬧聲。從劇院盡興而歸的年輕人，在時髦的餐廳和酒吧通宵享樂。

從人煙稀少的馬路進入一條小巷，馬車終於在一個陰暗的角落停下。車夫跳下車放下階梯後，先是下來一位身穿外套的紳士，接著向低低繫著無邊軟帽的女士伸出手。

當紳士把手搭在禮帽邊緣環顧四周時，一輪晚秋的滿月從雲層間探出。男人戴著眼罩和面具的臉浮現於月光下，是戴著外出用黑色皮革眼罩的艾略特。

「就是這裡吧。」

確認刻在牆上的地址，艾略特護送女士並用手杖敲了敲後門。門上的小窗隨著啪的一聲打開。

「……找誰？」

艾略特對這個粗魯的問題瞇起眼睛。

「找我死去的母親。」

「……」

瞧不起人似的回答讓對方陷入了沉默，立刻關上小窗。女士微微不安地抬頭看向艾略特，但他的薄唇一笑。

「相信我。」

還沒等女士回應，門就微微打開了，光線灑落巷弄中。

「——請進。恕我冒昧，能請您出示邀請函嗎？」

出現的是一個強壯的彪形大漢。他身穿全黑的三件式西裝，但總顯得尺碼不合。看起來像比起舞會，在郊區酒館比拳擊的次數更多。即使被這樣的男人盯著看，艾略特也毫不動搖，他將食指舉到唇前，俏皮地笑了笑。

這是他事先向委託人打聽的，「沉默」的暗號。

「我沒有邀請函，但我的女伴有來過一次。只要以『幽靈男爵』介紹我，伯爵應該就會知道。」

「那就如您所說。請稍等。」

壯漢肆無忌憚地看了一眼被介紹為「女伴」的女士，消失在掛於房間深處的簾幕後面。

艾略特趁機環顧四周。這裡本來應該是商店工作人員使用的房間，左右兩邊擺著畫有中式水墨花鳥的屏風，處處散發異國風情。艾略特不經意地望向對面，只見一排排的爐子上放著好幾個舊水壺。

「這裡在白天一定是A.B.C.那樣的連鎖茶室，位置也是數一數二。厭倦一屋子灰塵的年輕小姐想必會很高興吧，看來不用營業到晚上也很賺錢。」

艾略特自言自語道，似乎一點也不緊張。就在女士啞然無言時，簾幕被人拉開。

「請進。」

「啊，謝謝。這裡就是靈界的入口啊。」

艾略特笑咪咪地搭話，壯漢冷淡地說：

「以防萬一，需要檢查您的身體。要是出了什麼事會很麻煩。」

「喔！當然，要是因為騷靈現象擦槍走火就慘了，請。我可不想弄瞎好不容易留下來的一隻眼睛。」

艾略特若無其事地回答，讓男人檢查了身體。外套下的晚禮服緊貼在他鍛鍊過的身體上，似乎根本沒有藏槍的地方。

實際上壯漢也什麼都沒搜到，引領兩人到簾幕的另一邊。

走到昏暗走廊的盡頭時，門被猛地打開。

「哎呀，這不是名人大駕光臨嗎！您就是——」

男人聲音略顯尖銳地喊道，他以面具遮住上半張臉，令人想到威尼斯嘉年華會。

艾略特薄唇含笑地回答：

「我聽說自己最近在市井被稱為『幽靈男爵』。您就是莫爾達諾伯爵？」

「是，我正是莫爾達諾伯爵。暫且不提其他，閣下『幽靈男爵』的名號實在太棒了！這裡正適合那樣的稱呼吧。今晚的客人們，你們不這麼認為嗎？」

伯爵轉頭問道，緊張的紳士淑女擠出一片含糊不清的笑聲。

艾略特的視線迅速掃過室內。

這是一個狹長的房間。唯一的光源是圓桌上燃燒著的燭臺，昏暗得可怕。賓客已經圍坐在桌邊，燭光映照出他們異常光滑的臉龐。仔細一看，他們都戴著跟伯爵非常相似的面具。

包括前來迎接的男人，圓桌旁一共坐了六個人。其中有一個女人坐在離門口最遠處，被三張中國風屏風包圍著。她應該就是靈媒。

靈媒一身國籍不明的異國裝扮，披著寡婦般的黑色面紗。賓客面前放著盛滿水的玻璃杯，兩個錫蓋玻璃瓶擺在靈媒面前，裡面裝滿清透的水。圓桌正中央放置了一塊通靈板，用來顯示靈魂傳達的訊息。除此之外還有一個泛黃的人類頭骨端坐著，不知是真是假。

女性委託人在此處舉行的降靈會上，被偷走了某樣東西。

——究竟是什麼，又是怎麼偷的？

「話說回來，伯爵，這裡真是太棒了。多麼鬱悶的氣氛啊！」

艾略特結束短暫的觀察，熱切低語道。紳士淑女們臉上的曖昧笑容消失了，取而代之的是支配周遭的困惑。

到底是哪裡值得讚嘆？難道他沒有察覺到這股沉重的氣氛？這裡接下來可是會發生不得向任何人透露的可怕事情啊？

面對這般無言的詢問，艾略特滔滔不絕地開口說道：

「各位聽好了，我們之間舉行的降靈會，有一部分是屬於社交的一環。當作一頓豐盛晚餐後的餘興……這樣也很好，但少了神祕和緊張。這可是靈異體驗最不可或缺的。而這裡，正有著這樣的元素！」

「喔！能被『幽靈男爵』如此稱讚，我也感到自豪。您看起來真像隻年輕的獵犬。來吧，請您也戴上面具。」

莫爾達諾伯爵有些僵硬地笑著，遮上面具。他大概也無法讀懂艾略特真實的意圖。艾略特接過面具，閃亮的眼睛轉向伯爵。

「多謝。這個面具是您的主意嗎？」

「是啊，很適合這種神祕的集會吧？」

莫爾達諾伯爵說著，也將面具遞給艾略特帶來的女性。

女士盡可能不讓人看到臉，低頭戴上面具。艾略特注意到伯爵的目光注視著那張側臉，若無其事地大聲說道：

「再好也不過！我以前待過印度，在當地聽過東印度內地的故事。聽說在那片土地上，戴上面具的人會變得不再是人。」

「變得不再是人？那會變成什麼？」

伯爵有些困惑地歪過頭，艾略特乘勝追擊。

「據說是成為死者或森林精靈的化身。那麼戴上面具的我們，或許也會成為接近死者的存在，然後與即將召喚出來的死者擦肩而過，感受衣服的摩擦和肌膚的觸感……」

即使以悠哉的語氣陳述，在這種情況下也顯得有些可怕。賓客發出微弱的騷動，莫爾達諾伯爵抿了抿嘴，微微一笑。

「好……真是太好了，您明白降靈會最重要的部分。沒錯，許多降靈會是與靈魂的『通訊』。要說的話，就是靈感應版本的電報，但她卻有將這個空間與死者之國聯繫的力量！」

聽見「她」這個詞，所有人都看向靈媒。面對眾人緊張的目光，她卻紋絲不動。相反地，伯爵朗聲說道：

「我們偽裝成死者，主動往死者的世界踏出一步。若非如此，真的能和死者對話嗎？來吧，男爵和您的同伴，請到這邊來。降靈會必須讓人數相同的男女交替而坐，接下來請和鄰座牽手，這是為了接受靈媒的力量。」

伯爵一邊說著一邊飛快地增加座位，自己則坐在靈媒旁邊。艾略特和他的女伴被引導到靈媒正對面的位置。

在艾略特若無其事地確認靈媒和伯爵牽手的方式時，莫爾達諾伯爵突然盯著艾略特的臉。

「……那麼，幽靈男爵。我聽守衛說，您來這裡是為了見已故的母親，對吧？」

「是的。母親在我年幼的時候就過世了，那是一件悲傷的事情。」

艾略特感覺眼前閃過當時的藍色。

那個時候，在最後一次的航海看到的天空與大海。

藍寶石似的海浪，閃耀著耀眼的光芒。露出笑容的母親，笑著——笑著。

同行的女士擔憂地看向艾略特，又立即低下頭。

伯爵凝視著兩人，低聲說道：

「我當時也在報紙上拜讀過，不只是母親、父親……連同兩位哥哥也一同去世了是嗎？」

「是的。」

「您父親曾是一名軍人，也是一位海洋冒險家。本來就沒有繼承爵位的立場，所以一直都活得很自由。然後在你十歲的時候，他帶著全家人踏上期待已久的航海之旅對吧？航程本該是快樂的，但老天爺是多麼殘酷——舊式帆船遭遇暴風雨，在海上不斷漂流，除了您以外的人都不幸遇難了。」

「……」

艾略特輕咬嘴唇，低下頭。

《與死者的海上航行》《幽靈船歸來》《本世紀最大悲劇！》

登上報紙的聳動標題、湧向醫院的陌生人們。

艾略特全都記得。

當時發生的，一切。

除了莫爾達諾伯爵，在場許多人想必是初次聽說此事。對伯爵突然揭露艾略特的不幸感到困惑，賓客似乎都屏住了呼吸。

伯爵目光銳利地看著艾略特，繼續說道：

「在死者的包圍下航行數十天，最後只有您得救。可能是因為年輕，聽說您的身體奇蹟似的健康。這件事在當時全歐洲的報紙掀起轟動，我看完報導以後，真的很擔心那位倖存下來的少年。我記得那時候想著，他心裡一定非常痛苦，恐怕現在也……？」

艾略特輕輕長嘆一口氣，用微弱的聲音說：

「說來慚愧，的確如此。我參加降靈會，並不是因為我是個好事者，也不是因為喜歡靈異現象……我想再一次見到我的家人。我失去的東西太多了，我離死亡如此之近，甚至連自己是生是死都感到模糊。我那時十歲，已經夠懂事了。我到現在還記得，忘不了，那次航行我記得一清二楚，就像昨天才發生的一樣……」

「──我會召來你的母親。」

靈媒突然開口。聲音雖有些沙啞，卻很優美。

所有人都看著她。靈媒靜靜將臉轉向艾略特。

「你今天來到這裡是命中註定。我作為靈媒巡遊世界，就是要拯救像你這樣的人。」

「真的嗎？我這次真的能見到母親嗎？」

面對略微激動的艾略特，靈媒深深點頭。女性賓客中，已經有人感慨地用手帕擦拭眼角。

莫爾達諾伯爵也贊同地鄭重點頭。

「真是令人感動。雖然變更了預定計畫，大家能接受嗎？」

眾人紛紛表示沒有異議，並在靈媒的指示下調換座位。

艾略特坐在靈媒的左邊，伯爵則在右邊。伯爵的另一邊，是艾略特帶來的女性。

按照這個安排，艾略特和他的女伴可以在一定程度上監視靈媒和伯爵。

如果要耍花招，應該會避開這種安排。

那麼，是認真的嗎？

靈媒真的能把這個房間和靈界連接起來嗎？

即使觀察靈媒的臉色，藏在面紗下的臉龐，就連輪廓都顯模糊。靈媒伸出小手，有力地握住艾略特的手。低頭一看，燭光中浮現出整齊修長的指甲，手指上戴著一枚鑲著大石頭的舊戒指。

石頭的顏色是藍色。

是母親眼睛的顏色，艾略特想。

靈媒在依稀可聞的啜泣聲中緩緩開口。

「來吧，大家快閉上眼睛，讓我們踏入死者的國度。絕不能將握著的手鬆開，靈界的香氣馬上就要開始飄散。在死亡的瞬間嗅到的，難以言喻的氣味——」

話說到一半，靈媒發出不知是「唔——」還是「嗯——」的低吟。類似異國誦經的聲音時而高亢，時而低沉地在昏暗的室內瀰漫開來，醞釀出詭異的氣氛。感覺室溫逐漸升高到體溫一般的熱度。接著，空氣中確實混入了一種奇妙的香味，是一股刺鼻但又帶著甜蜜與質樸，令人懷念的味道。

艾略特依然閉著眼，喃喃自語：

「是我在某個地方聞過的味道。」

「請想起您的母親。」

靈媒在距離非常近的位置低語，奇妙的香味越發強烈，腳底有一種輕飄飄的感覺。這就是自己從這個世界的桎梏中解放般的感覺，這是否代表著正在接近靈界？

艾略特的細語，緩緩從面具深處傳來。

「母親是個美麗的人，而且十分開朗。她那天穿的禮服是鵝黃色，還有……」

這時突然傳來一聲悶響，像是什麼重物掉到地上。

參加的女士們發出微弱的悲鳴，微微睜開眼睛。

靈媒刺耳的聲音在這時飛來。

「幽靈現身了！請看，這就是證據！」

一聽到證據，艾略特也睜開雙眼。

房間仍然非常昏暗。他眨了幾下眼睛環顧四周，看起來似乎和方才沒有什麼差別。簾幕和屏風都沒有異狀，圓桌上的通靈板和每個人面前的玻璃杯也是。艾略特逐一看過，最後將目光停在一處。應該在通靈板旁邊的骷髏頭不見了。

然後。

像是看準時機似的，靈媒嚴肅地說：

「是的……聖水的顏色變了。」

聖水。這應該是指靈媒面前，那兩個錫蓋玻璃瓶裡的東西吧。

原本是透明的玻璃瓶，確實只有一瓶被染成了紅色。

「呀啊！」

賓客中的一位女士尖叫，其他賓客也倒吸一口涼氣。艾略特盯著瓶子，一動也不動。靈媒繼續說：

「這是你母親死去時看到的顏色。」

「我母親……死去的時候。」

艾略特慢慢地重複了一遍。靈媒深深地點頭。

「是的。你的母親……啊……痛，好痛，我好痛啊，艾略特……」

靈媒充滿自信地回應，但她的聲音從途中開始因痛苦而扭曲，以奇特的嫵媚腔調喚著艾略特的名字。

艾略特慢慢移動視線，看向她的臉。靈媒的表情依舊藏在面紗深處，呼吸變得急促。她豐滿的胸部突出，喉嚨顫抖，坐在椅子上全身扭動，就像被釣上甲板的魚。

「好痛啊，好痛，好痛……為什麼？為什麼會變成這樣？為什麼會這麼的，啊……過來，救救我……」

女人訴苦的身形，在艾略特的視野中劇烈模糊。兩個，三個，眼前的一切就這麼形成越來越多的疊影。燒焦的香味占據周遭，那裡頭散發出的甘甜，是血的腥味嗎？瓶子裡的鮮紅逐漸滲入視野的邊緣。

「是什麼地方在痛？」

艾略特低聲問。他知道自己的聲音乾啞得很嚴重。喉嚨非常乾渴。

簡直就像遇難者一樣口渴。

靈媒面紗搖曳。在那深處的紅唇動了動。紅色，紅色的嘴唇。

「那是因為你——」

「因為我？」

紅唇在艾略特耳邊落下話語。

「因為你吃了死去的我。」

瞬間，斗大的報紙標題在艾略特的腦海中一閃而過。

《奇蹟生還！少年吃下家人的肉活了下來！》

「啊啊……」

艾略特的嘴角溢出甜美的吐息。

咚地一聲，有什麼東西碰到他的腳。他緩緩垂下視線。

圓桌下，一顆頭蓋骨依偎在艾略特的鞋邊。

頭蓋骨空洞的眼窩正向著這裡。

笑著。笑著。有誰，正在笑。

「我的艾略特。」

他聽見有個人這麼說。有個人將臉湊近，這麼對他說……一張輪廓朦朧的臉靠了過來，重疊的臉龐和扭曲的雙唇正在逼近。紅唇。紅色的。血的顏色。那是血。母親的血。不，不一樣。是誰的血？

「說你……原諒我，我的小紳士。」

那雙嘴唇在能感覺到呼吸的距離呢喃。

緊接著。
「不能碰到她的嘴！」
尖銳的女聲響起，艾略特感覺自己的身體突然下墜。
他坐的那張椅子被人用力往後一拉。
艾略特以膝著地，差點就要摔倒。在賓客的喧嚷中，艾略特轉身尋找拉椅子的人。
視線前方佇立著一位女性，一襲紫色晚禮服讓人眼前一亮。她抓住沉重的椅背，將椅子抬到離地板約四英吋的高度，一種說不清是憤怒還是恐懼的感情讓她全身顫抖。她的臉上沒有面具。
那張沉重的臉，正是委託艾略特調查降靈會的女性。
「竟然……竟然將這麼痛苦的過去當作誘餌……」
她一字一句刻畫似的低語，手臂一揮，將椅子扔到房間的角落。也許是椅子砸到窗戶，刺耳的玻璃碎裂聲響起，房間裡沉悶的空氣一口氣顫動了起來。與此同時，圍著圓桌的人們開始慢慢回過神。
「怎麼了？是什麼聲音？」
「該不會是騷靈現象？」

艾略特突然開心地笑了起來，試圖告訴女性委託人什麼。

「哈……哈哈哈——！嗯，失禮了。多謝小姐的幫助。但是無須擔心，因為我從一開始就知道這場降靈會是假的！」

他一邊說話一邊起身，扔下面具攤開雙手。

「哎呀，這真是一場離譜的扒竊秀！各位，我繼承爵位之後，只要是能參加的降靈會都會出席，但是在我看來，沒有一場能斷言是『真實的靈異現象』。其中，這裡可是屬於最差勁的一類呢。」

面對突如其來的告發，賓客皆難以掩飾心中的困惑。不過艾略特響亮的聲音和充滿自信的舉止，有一種讓人無法抗拒的魅力。

他繼續說：

「這個面具並沒有什麼神祕的意義。對他們來說，只要能縮小參加者的視野就好。點蠟燭也是為了製造昏暗，和遮蔽其他火焰的氣味，不管哪個都是用來掩飾的花招。在造假的降靈會上，主辦者會和靈媒共同捏造靈異現象。這場降靈會也是他們兩人坐在一起對吧？他們牽著的那隻手隨時都能放開，用空下來的手偷竊，把偷來的東西藏進靈媒的面紗或異國式樣的服裝裡，或是扔到背後的屏風後面，大賺一筆！再讓桌上的骷顱滾到客人腳下，達到嚇阻的效果！」

艾略特的話讓賓客更加動搖。

他們猶豫地鬆開握著彼此的手，用驚恐的眼神環顧四周。

這些客人中，並沒有身穿著紫色晚禮服的女性委託人身影。她從剛才就站在艾略特身邊，微微顫抖著。

奇怪的是，除了艾略特以外沒有人在意她。人們似乎只對椅子被摔飛的聲音，和艾略特的話感到驚訝。

一位女性參加者搖搖晃晃地站了起來，一個踉蹌，發出新的悲鳴。

「這是怎麼回事？我的腿，我的腿，我的腿動不了……！」

「失禮，看來已經發揮作用了嗎？有哪位可以跟我一起打開窗戶？這裡焚燒了毒品之類的東西，我記得在印度有聞過，體重輕的女性比較容易受到影響。來吧！動作快！」

艾略特喊道，拉開窗簾，抓住窗戶的栓鎖。在其他紳士一頭霧水地跟在艾略特身後時，莫爾達諾伯爵大喊：

「住手！這麼做就沒辦法從死者的國度回來了！」

「沒錯，不可以輕易地放手。幽靈男爵，請再看一次這瓶水。這裡還混雜著靈界，男爵的母親正在這裡。」

背後傳來靈媒獨特的沙啞嗓音，艾略特轉過頭。

一陣風從敞開的窗戶吹來，吹亂了艾略特的頭髮。

不知靈媒是否有看到，那一瞬間他的笑容失去了一切光彩。

「我的母親不在這種地方，我全部都看得見。」

艾略特用食指直指靈媒，接著將其放入玻璃瓶中。

「瓶子裡的東西只是水，這就是你的慣用手法。假裝召喚靈體，焚燒毒品，讓人昏昏欲睡，問出要召喚的靈體的生平，再根據聽到的內容，改變其中一個瓶子的顏色。假如靈體死得淒慘，水就會是紅色的。如果不是，另一個瓶子就會變成不同的顏色。」

艾略特幾乎是一口氣說出真相，莫爾達諾伯爵明顯臉色大變。

靈媒依舊保持原先的態度，嚴肅地搖了搖頭。

「……真是可憐。你不想承認自己的罪過對嗎？」

「所謂的罪過如果是指剛才吃人肉的故事，可惜只是無稽之談，那是三流報紙編造的不折不扣的謊言。你們作為生意人，對我的過去瞭若指掌，畢竟是舉世聞名的遇難事故。但事實是不同的。我的母親在最後看到的，是一片美麗的藍天。也許很不甘心，但你在這場成功率五成的賭局輸了。以我的推理，另一個瓶子應該動過可以讓水變成藍色的手腳……要不要試試？」

被艾略特揭發的那瞬間，靈媒發出刺耳的咂舌聲，想從桌上抓起錫蓋玻璃瓶，但那隻手卻撲了個空。

「什麼！」

靈媒用略顯粗野的聲音喊道。

一隻戴著高級手套的小手，比靈媒稍快一些搶走了瓶子。那隻手迅速地搖晃著瓶子。搖著搖著，瓶子裡的東西逐漸渾濁，轉眼間就變成藍色。

「不過是在瓶蓋背面塗上顏料而已，太簡單了。在馬戲團裡這連暖場戲都算不上，只是用來打發時間的桌上魔術。」

艾略特的女伴拿著瓶子，淡淡地說。

艾略特恢復他一貫的笑容，拍出乾巴巴的掌聲。

「厲害，不愧是魔術師柯尼！我的得意助手。」

「該死……！」

靈媒終於吐出惡言，推開圓桌朝門的方向跑去。艾略特立即發出指示。

「柯尼，抓住『他』。」

「是的，艾略特先生。」

艾略特的女伴，不，幽靈男爵的助手柯尼用清脆的聲音回答，像貓咪一般靈活地撲向靈媒。

靈媒雖一度躲過，柯尼還是準確地滑入對方死角，絲毫不受身上的禮服影響。他抓住靈媒的手臂使出關節技，眨眼間就讓靈媒倒在地上。

「混帳……！你會被詛咒的，不如說是我要詛咒你，別以為就這麼算了！」

靈媒的叫喊瞬間變得粗野而醜陋。

「隨你便，反正對我沒有效果。」

柯尼用沒有感情的聲音喃喃自語，捲曲的金髮從解開的無邊軟帽帽緣灑落。同時，門「咚」地響了起來，接著是有人逃跑的腳步聲。

其中一位紳士指著門，困惑地大喊：

「喂、喂！你，伯爵……莫爾達諾伯爵逃走了……！」

「是啊。不過，據一位通融我各種藝術品的義大利朋友說，義大利似乎沒有這個人。以我的推測，他應該是美國那一帶的表演者吧……我猜對了嗎？」

艾略特在靈媒面前單膝跪下，掀開他的面紗。

一道野狗般的視線瞬間刺來，艾略特微笑著。

「嗯，果然沒錯。我在報紙上看過你的臉，喬．古德曼，在美國的靈媒秀賺飽鈔票，是一名男性。」

聽見這一切真相，逐漸恢復過來的客人議論紛紛。

一個叫喬的女人，不，一個打扮成女人的青年惡狠狠地說道：

「……所以？那又怎樣？我雖然是男的，卻是真正的靈媒。不管是這身打扮還是小把戲，毒品也好，都是為了讓你們看到想看的東西而特意準備的演出。這究竟算什麼罪？咦？」

「嗯，第一個，偷竊。」

艾略特說，從自己的口袋裡掏出一枚亮眼的藍寶石戒指。喬驚訝地看著自己的手，應該戴在那裡的戒指，不見了。

「你是什麼時候……！」

「你可以做到的，我也能做到。在昏暗的房間裡，要把戒指從握著手的對象手指上拔下來，其實不難，尤其在你演得正認真的時候——以異國情調的演出來說，這枚戒指的樣式特別古老，戒臺的形狀也很舊。當我在想這是不是誰傳承下來的遺物時，我就明白了。是贓物，對吧？」

說完，艾略特輕輕瞥了一眼女性委託人。

她佇立在昏暗中，捏緊裙襬，一臉拚命忍耐的表情。眼中噙滿的淚水，證明艾略特的推理是正確的。

艾略特的表情中夾雜著一絲悲傷，回頭看向喬。

「……這本來就是為了偷竊而辦的集會。焚燒毒品，趁參加者意識朦朧的時候搶走值錢的東西。我會猜想水裡動過手腳，除了紅色大概還有藍色，也是因為那塊石頭。你在偷這枚戒指的時候，是不是也說什麼『我看見妳的親人了，她是看著遺物的戒指去世的……』，再把水染成藍色的給她看？」

「誰知道！你說的那些都是穿鑿附會。沒有證據，就只是妄想！」

「的確，這些只是我的妄想。我順便想像了『沉默的降靈會』之所以『沉默』的理由，要不要聽聽？那些被毒品熏過的賓客，應該都鬆懈了吧？大概根本沒想到你是男的？」

聽了艾略特的話，喬突然態度一變，發出不合時宜的笑聲。

「啊……哈哈哈，哈哈哈哈——！什麼嘛，既然知道那麼多就好說了。『沉默』啊，男爵！大家都是這樣保持沉默，只要保持沉默，不管做過什麼樣的惡行都不會暴露。來啊，就這樣把我交給警察。就算進入監獄，我也會好好利用我手上的情報。我知道該怎麼做，告發我的人會做一場真正的惡夢，比幽靈還要可怕的惡夢！」

「噢，比幽靈還要可怕嗎？」

艾略特只動了動嘴唇，喃喃自語。喬獰笑著繼續說：

「沒錯！啊，對了……我好像想起這枚戒指的主人了。一個陰沉又膽小的女人，但皮膚倒是挺漂亮的。那傢伙在一週前左右，跳入倫敦港的淤泥了。」

——跳入倫敦港。

這句話讓女性委託人嚇得肩膀一顫。

喬毫不在意地繼續說道：

「一個馬上要結婚的大家閨秀，戒指大概是訂婚者送的吧。在那種時候自殺，不知道是哪裡想不開？被婚約者發現自己愛玩？就算是被信賴的人帶來，深夜還出來遊蕩就是說不過去啊。你也差不多一點，人都死了還讓人名譽掃地！」

女性委託人的顫抖傳遍全身。

艾略特不用回頭也知道她現在的樣子。包含她的痛苦也都能理解，正確來說，也許是想要理解。滿懷婚前的希望與焦慮，一個涉世未深的小姐，被本該值得信賴的男人帶來這樣的地方。

然後，被伴裝成女人的靈媒伸出了毒手？

在艾略特的胸口被漆黑的想像浸染之時，門突然被人從外面踹開。

「放開我的靈媒！不想受罪就快收手！」

莫爾達諾伯爵嘶啞的叫聲在昏暗的房間裡迴盪，嚇得賓客悲鳴不已。一看，伯爵帶了一大群似乎留守在後門的小混混回來。

看到這一幕，被柯尼制伏在地上的喬哈哈大笑。

「勝負已定！男爵大人大概沒辦法想像我出生在什麼鬼地方吧。在我從地獄的谷底爬上來之前，一堆又一堆的同伴都死了！但沒有一個化成幽靈現身。所以我知道，幽靈這種東西根本不存在！人只能在活著的時候過得好，就是這樣！」

「……是嗎？那我就讓你看看。這就是祭典之夜的開始。」

艾略特的語氣平靜得與周遭格格不入，彈指一響。

幾乎與他的宣言同時，低著頭的女性委託人抬起臉來。

她周圍無數的鬼魂也一同昂首。

男人、女人、老人，還有小孩，所有人都同時抬起臉。

艾略特看得見他們。

這個房間擠滿了男女老少，各種年齡相貌的鬼魂。

不同年齡、不同衣著的鬼魂，唯一的共同點就是都盯著喬和伯爵看。

「王八蛋，事到如今我才不會上、當……咦，咦！」

說到這裡，喬的聲音變成了斷斷續續的哀嚎。

在他面前，一張厚重的圓桌輕輕地飄浮在空中。

「嗚、嗚哇啊啊啊——！」

一名女性參加者發出震耳欲聾的慘叫，恐懼立刻充滿了房間。女人們癱倒在地上，男人們到現在才比劃著十字架，衝到門口和暴徒展開醜惡的爭吵。

「神啊，請原諒我，神……」

「住手，夠了，我沒辦法待在這種地方，讓我出去，讓我出去！」

「我聽到了，我聽到了，幽靈的聲音！救救我，不行了！」

就算是喬，在這種情況下也是臉色發青。他盯著飄浮在空中的圓桌，結結巴巴地怒吼：

「不、不可能，這是……真的騷靈……？你用的是什麼把戲！」

「喂，總之這裡不能再待下去了！快點放開喬，你這臭小鬼！」

伯爵一臉凶狠地跑向被柯尼抓住的喬。

柯尼保持冷靜，將自己的裙襬用力往上掀。他毫不吝嗇地展露襯裙，讓伯爵瞬間動搖了一下。柯尼趁機用空出來的手，拔出掛在腿上的手槍。

「我不會讓你阻撓艾略特先生。」

柯尼拿槍指著伯爵，那語氣就像在說「今天沒有茶」。

艾略特聳了聳肩，走向倒吸一口涼氣的伯爵和喬。

「什麼把戲都沒有。你們做了那麼多壞事，真以為不會招來死者的怨恨嗎？只有你的朋友會化身幽靈？實在太天真了。祢們說是不是？」

艾略特問道，抬起圓桌的鬼魂們大聲笑了起來。不知不覺中，女性委託人的鬼魂也混了進來。

艾略特對她慈愛地點點頭，然後高聲喊道：

「來吧，在座的各位，請盡情地跳舞吧！想必誰都不會將這裡發生的事情說出去，畢竟這是沉默的降靈會！」

◇

「……那個地方本來就有一些可疑的傳聞，例如出借房間給男女幽會之類的。從妳口中聽到這個地方的時候，我就在想，看來事先請警力部署是正確的。」

艾略特一邊悠閒地說著，一邊走過石橋。

女性委託人的幽靈，輕輕將手搭在他的手臂上。

日期早已改變，但距離天亮還有一段時間。漆黑的河面瀰漫著燕麥片似的霧氣，一切都溼漉漉的，曖昧不明。望著煤氣燈的燈光沿著河邊形成一排朦朧的光球，艾略特和女性委託人在橋的中間停下腳步。

「原來是這樣……我真的什麼都不懂呢。」

她凝視著倫敦港的方向，喃喃說道。

艾略特既不想說「是啊」，也不想說「責任不在於妳」。艾略特垂下細長的眼睛，看著委託人搭在他手臂上的手。那枚藍色的戒指在完美合身的小山羊皮手套上閃閃發光。

在艾略特的眼中，死者與生者幾乎沒有區別。

硬要說的話，死者的存在感有點不明確。偶爾會發生服裝細節閃動，或是出現剛才沒有的飾品，蕾絲的褶皺變少等等。死者之間有時候會重疊在一起，有時也會穿過活生生的人和建築物。

女性委託人的裝扮也經常發生細節變化，唯獨藍色戒指，始終保持固定的姿態。

佇立片刻，女性抬頭看向艾略特，語氣堅定地說：

「真的很感謝您實現我無理的請求。明明是我自己的愚蠢造成的，卻讓毫無關係的您遭遇危險……真不該發生這種事。我連具體被奪走了什麼，都說不出口。」

「妳被奪走的，是遺物的戒指。僅此而已。」

艾略特乾脆地說，女性微微溼潤了眼眶。

將目光從她身上移開，艾略特又慢慢地跨出步伐。

「就算如此，這還是值得感激的委託。我實在無法忍受那些招搖撞騙的冒牌靈能者，只要能擊垮他們，無論多少委託我都願意接。如果讓其他幽靈知曉，今後會有更多委託吧？」

艾略特發自內心高興地說著。女性輕輕擦了鼻子，回答道：

「有一些幽靈在竊竊私語說『想要向人類復仇，就去找那個人』。不知道是不是和冒牌靈能者有關，但應該會有新的委託找上您……可是這很危險。真的，這種事情太危險了。」

「噢，這是在擔心我嗎？請放心，不管發生什麼事，最糟都只是一死。這比過無聊的生活要好得多。」

女性抬頭看向輕笑一聲的艾略特，眼中帶著幾分擔憂。

「活著的人請別這麼說。您已故的家人應該和我是同樣的心情，都希望您能好好活著。」

「妳都這麼說了，我當然得好好活著。實際上他們應該都是這麼想的。畢竟他們是那種，在航行途中發現自己染上傳染病，就把我隔離起來投海自盡的人。」

艾略特泰然自若地說，女性眨了好幾下眼。

「自己、跳進大海？……只留下您一個人……？」

艾略特對不敢相信似的重複說著的女性溫和一笑。

「也許妳沒辦法相信，不過是真的。那艘船發生了一場悲劇，但並沒有冒牌靈能者或三流報紙期待的那種慘劇，一件也沒有。只有藍天、藍色的大海，還有試圖幫助我活下來的溫柔幽靈。」

「嗯……也就是說，您從那時候開始就看得見幽靈了。」

低頭看著女性瞪圓的眼睛，艾略特頑皮地壓低聲音。

「我從那時就看得到了。死去的家人和船員都裝作一副還活著的樣子，巧妙地引導我，讓我一個人也能活下去。我看得見幽靈的能力實在來得太過自然，直到最後的最後都沒察覺他們的死去。這是一趟不錯的航行，時時刻刻都有人在某處開朗地笑著。」

「……是嗎？」

女性喃喃自語，像是在咀嚼艾略特所說的話，接著陷入沉默。

他們靜靜地走著，一股寒氣滲透到身體的深處。

冬天很快就要來了。倫敦陰沉的冬天。

艾略特回想起那次航海的結尾。當他從鮮豔的藍色冒險世界回到灰色的港灣時，湧來的灰色人群都故作同情地哀悼。在他們發現艾略特一點都不悲傷後，便將他帶去醫院。踐踏艾略特的向來都不是死者，而是生者。

「我想我明白您對逝者親切的理由了。不過……」

「不過？」

艾略特無心地反問，女性的眼神顯得有些灼熱。

「不過，我還是想在自己死去之前見到您。失去身體以來，我就再也看不見任何色彩。可以的話……真想親眼看看您的眼睛是什麼顏色……我講這種話，是不是太不得體了呢？」

不只是眼神，就連耳語也逐漸熱切起來。艾略特微微瞇起眼睛。

然後突然抱住她纖細的腰身。

女性發出「呀」的驚呼聲，他毫不在意地用鍛鍊過的手臂將她往懷裡抱緊。艾略特高挺的鼻梁幾乎要抵上女性小巧的鼻尖，他甜蜜地說：

「那種事只有在一開始的時候才會在意。假如您願意以甜美的雙唇慰勞我這個可憐的男人，別說是眼睛的顏色，不管是什麼都讓我來告訴您吧——」

看著那雙挑逗的唇逐漸縮短距離，女性的雙眼越睜越大。

就在生者與死者的嘴唇即將接觸的瞬間，咚地一聲，有什麼東西擊中艾略特的腦袋。

「哎呀。」艾略特按著歪掉的禮帽，四處看了看，發現那枚藍色戒指滾落在他腳下。看來他是被騷靈戳弄了一下。

而那位應該戳了他的女性，早已不見蹤影。

「嗯？被她逃走了嗎？」

「……難道不是您把她嚇跑的嗎？」

背後傳來一句傻眼的反問，艾略特回頭一看，身穿女裝的柯尼保持禮貌的距離站在一旁。艾略特向他招了招手，拾起戒指。

「怎麼會，我一向都是很認真的。走吧，再來就是找到她的墳墓，把戒指供在墳前，我們一起假辦一場葬禮。所謂的幽靈，一般都是沒被好好辦過葬禮的人。我的家人也是，他們在舉行完葬禮後就很乾脆地離開了。」

「那管家先生呢？為什麼只有他沒被好好舉辦一場葬禮？」

柯尼問的，應該是指艾略特宅邸裡的老管家詹姆斯。

當然，家裡並沒有兩個管家。詹姆斯是在冒險航程中與艾略特的家人一同喪生的鬼魂。

艾略特把撿來的小樹枝拿在手中旋轉，心情愉快地說：

「沒辦法，因為他發誓在我結婚之前都要待在我身邊。等我死了，就會帶他一起去死者的國度。」

柯尼的眉頭微微皺起。

「在那之前，請您先和一位正經的生者結婚。我很清楚這不是被您收留的我該說的話，但主人您老是將心力花在幽靈或我身上，一點都不為您自己著想。到頭來追求的對象不是已婚者就是幽靈，這實在稱不上一位優秀的紳士吧？」

面對少年特有的快言快語，艾略特爽朗地笑了起來。他輕輕握起掌中的戒指，調整好禮帽，微笑得很美。

「你好嚴格啊。我當然算不上什麼優秀的紳士，但你不覺得讓世界上有個人可以當『幽靈的情夫』挺好的嗎？」

說出這句話的他，身影在黑暗中格外美麗。彷彿隨時都能聽到潛藏在周圍的幽靈們的掌聲。

察覺自己正凝視著那樣的他，柯尼深深地嘆了口氣。

「……艾略特先生，真的是個讓人傷腦筋的人。」

2 木乃伊的詛咒與骨骸的訊息

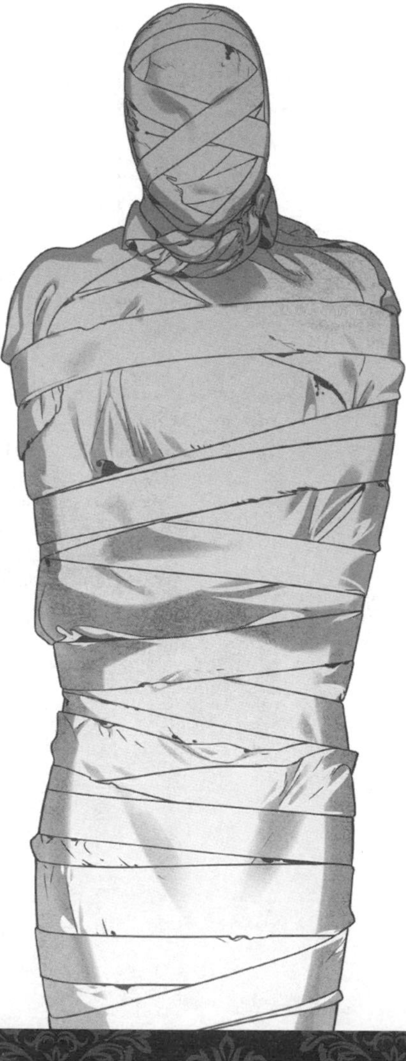

「不錯，實在不錯。」

「您是指哪裡？不就是一具骨頭嗎？」

由於柯尼實在說得過於乾脆，艾略特有些急忙地回頭。

他今天也一如往常，將完美無瑕的身軀包裹在完美無瑕的三件式西裝中。在空間稱不上廣闊的書房裡，勉強擺了一具骨骼標本。艾略特將手伸向它，開始他的演說。

「確實人類的骨頭在墓地裡隨處都是，但這傢伙可是『恐龍』，是在遙遠的古代闊步於這個世界的巨大爬行動物。當它們還活著的時候，世界上連一個人類也沒有，不覺得這聽起來很刺激嗎？」

他新採購的骨骼標本很大，全長三公尺，全部拼裝成「恐龍」之類的生物還活著時的形狀。

這些來自美國煤礦場的標本有九成都不是真正的化石，而是學者用想像拼湊出來的工藝品。儘管如此，對熱愛美麗和驚喜的艾略特來說，它們仍然十分有趣。

但柯尼似乎有些不同意，他那玫瑰色的嘴唇嘆氣道：

「我一想到這些傢伙要花多少時間撣灰塵就心驚肉跳，其他僕人大概也是這麼想吧。」

「作為一個幽靈僕人，我很擔心艾略特少爺的浪費。」

在房間一角候著的幽靈管家詹姆斯，面帶微笑恭敬地說道。

艾略特對這過於可嘆的意見發出呻吟，用手掌捂住眼睛。

「揮灰塵？浪費？未免太現實了吧！在它們的包圍下，我就像在墳墓裡一樣安心。你們知道嗎？這麼巨大而強壯的生物，一隻都沒存活下來，這就是世界的真理。毀滅不是悲劇，而是必然。生與死，皆如流水般自然！」

他滔滔不絕地說著，柯尼卻淡然回應。

「艾略特先生還是多和活著的人相處比較好。您還年輕，又有財富和地位，外表也出色得很，實在太可惜了。」

「已經相處夠多了吧，我一直都有和那邊的伯爵夫人和這裡的鐘表商夫人約會，還有柯尼，我和你也是每天都在相處。」

艾略特發自內心地說，柯尼有些困窘。

「我已經說過很多次了，艾略特先生。我不是人類，是您的人偶。」

「柯尼。」

現在輪到艾略特傷腦筋了。

唉，該怎麼說才好呢？

自從繼承爵位、從印度歸來後，艾略特的生活過得沒有什麼煩惱。不，也許從他走下幽靈船的那一刻起，就再也沒有煩心之事了也說不定。在看得見幽靈的他的世界裡，生死模稜兩可，他從未感受過人類最大的煩惱，也就是「對死亡的恐懼」。因此，他的靈魂就是自由的。

要說讓他唯一在乎的，那就是柯尼。

由於在馬戲團受盡惡劣的待遇，使柯尼的自我評價過低，尤其是他不該稱呼自己為「人偶」。如果不儘快承認自己是人類、主張自己的權利，就算好不容易脫離馬戲團，也會在某處淪為某人的奴隸。讓柯尼成為一個擁有自主意識的人，是一項出乎意料艱鉅的任務。

艾略特還沒想到適當的詞彙，書房的門就被敲響。出聲的是活著的管家，史蒂文斯。

「打擾您了，老爺。」

「進來。啊，先不要說出來，讓我來猜猜看。今天上午沒有會客的預定，但我剛才有聽到馬車匆忙停在門口的聲音，聽起來不太尋常，但來通報的你臉上並沒有焦急的神色。也就是說，一個沒有說好就過來也不奇怪的人來了——是維克多對嗎？」

覺得單純的一問一答太過無趣，艾略特發表了自己的小推理。各式各樣的想法在史蒂文斯的臉上瞬間閃過，他深深鞠了一躬。

「是的，從今以後無論何時，我都會盡量不讓自己臉上出現焦慮。」

「不管你是什麼表情我都喜歡你喔，史蒂文斯。讓維克多進來吧。」

艾略特和顏悅色地說，一邊心想「對喔，說起來還有維克多」。

不是看上艾略特美貌的婦人，也不是柯尼，而是一個毫不吝惜地投入私人時間給艾略特的男人。世人大概都把維克多這樣的男人稱為好朋友吧，艾略特事不關己地想。

◇

「艾略特！這間房間到底怎麼回事！」

維克多一踏進書房就大叫，艾略特笑咪咪地張開雙臂。

「嗨，維克多。我相信是你的話，一定能懂這些骨頭的好！」

維克多是一個強壯又親切，像熊一般的男人。他有一頭灰金色的頭髮與棕色眼睛，外表和善。比高挑的艾略特稍矮一些，但在各項紳士運動中鍛鍊出了結實的體魄。他是艾略特公學時代的同學，也是伯爵家的長子。目前以子爵的名義，特意以下議院議員的身分日日慷慨陳詞。

他盯著骨頭嘆了口氣，一臉尷尬地抬頭看著艾略特。

「這應該是合法採購的吧？我可不想舉發你。是說，我有件事想和你商量。」

「還真突然。你對骨頭還有什麼感想？要不要喝點什麼？」

艾略特溫聲問道。他喜歡維克多單刀直入，簡直不像貴族的講話方式。想盡可能對全部人類友善是他的信條，但實際上很多人一被艾略特友好以待，就會深陷其中，變得不值得一提。維克多並沒有變成那樣，從這方面來說是一個優秀人才。

他將身體沉入那張邀請他入座的椅子上，仔細地重新觀察骨骼標本。

「可以的話給我紅茶……不過這骨頭還真大啊，最好小心別讓它塌了。要是女僕在撣灰塵的時候把骨頭撣下來，那可不好收拾。」

「我會從馬戲團僱一個女僕，畢竟我家已經有一個馬戲團來的童僕了。所以你想商量什麼？跟令尊的朋友有關嗎？」

聽起來就像是維克多會說的話。艾略特心滿意足地引導他開口。

維克多十指相扣置於腰前，深深地嘆了口氣。

「是啊……我先說，我對倫敦警察廳總監拜託靈異愛好者的你一事持否定態度。不要誤會我的意思，我覺得人有什麼愛好都是個人自由，但我不希望警察被靈異所矇騙。他現在正為『木乃伊的詛咒』而煩惱……」

「木乃伊的詛咒」這個詞戳中了艾略特的好奇心，他神采奕奕起來。聽起來實在可疑，簡直能嗅出騙局的氣息！

「這不是很棒嗎！再多告訴我一點。」

「你真的很愛這些故事耶。我是真的很佩服你的頭腦和狩獵意識……算了，先說給你聽就是了。你一定有聽過木乃伊解捆秀的事吧？」

坐在表情微妙的維克多面前，艾略特熱情地點了點頭。

「當然。就是把從埃及進口的木乃伊，展示給那些又怕又愛看的人的活動吧？明明展示的只是屍體。」

「沒錯，說到底就是一具屍體。但是距離這次名為『賢王』的大型木乃伊解捆秀的舉行日期越近，已經有相關人員陸續死亡。」

「太好了，太有蹊蹺了！我最喜歡教訓那些利用死者的冒牌貨了。」

艾略特一臉和藹可親地說道。

維克多放棄回話，用厭惡的語氣繼續說：

「我認為這只是巧合，但現場卻說是『詛咒』。」

「一個死去的古埃及人，詛咒現代英國人？聽起來很迷人，卻也令人好奇怎麼現在才發生。」

「我知道這很可笑！可是連警察都嚇得不敢去調查，這可不是開玩笑的。走投無路的警察廳總監來拜託我，問我『幽靈男爵』是不是對詛咒也很了解，能不能問問你。雖然我也很忙，但也不能不管他的請求……如何？你有什麼辦法可以打破『木乃伊的詛咒』嗎？」

維克多在最後認真問道。艾略特笑著指了指自己的眼睛。

「別急著下結論，維克多。要先親眼看過才知道！」

◇

「您願意買下這傢伙的話是千幸萬幸，現在連敢碰它的人都沒有！」

表演者用尖銳的聲音說著，摘下禮帽撓了撓頭。

表演者的住處位於黃金地段，大廳裡木箱堆積如山。從蓋滿厚厚一層的郵戳來看，這些木箱很明顯是飄洋過海來的。

「我不是來交易，是來聽故事的。關於詛咒之類的故事。」

維克多一邊說著，一邊不自在地環視四周。他看到門縫裡有好幾雙眼睛在窺視室內，陡然打了個寒顫。他們和她們在稚嫩的肌膚畫上魚鱗，在眉間貼上人造眼睛，只在表演時化身為怪物。

大廳裡還有其他來歷不明的蠟像及斷頭臺的複製品，即使恭維也稱不上品味高尚。儘管如此，艾略特和柯尼仍是泰然自若。

聽了維克多的臺詞，表演者越發不痛快地哼了一聲。

「關於詛咒的事情？您想聽？這種事聽了也賣不了錢哦……？老爺，我們賣的是一種夢想！可以在安全的觀眾席上欣賞有點詭異的東西，我們是用這種說法招攬客人的。然而這個木乃伊混蛋，讓賣給我的人從樓梯摔下來摔斷脖子，預定要演出的劇場有個迷路的小鬼跌進舞臺底下死了，就連我家的年輕人也在夜路遇襲！他還逢人就說『被木乃伊襲擊』了。」

「被木乃伊襲擊？他是說木乃伊動起來了？」

維克多一臉詫異，表演者傻眼地聳了聳肩。

「怎麼可能會動呢，那可是木乃伊！」

「是，我也這麼覺得，因為你剛才說『被木乃伊襲擊了』，所以我才……算了，呃，那木乃伊生前是不是遭遇了什麼不好的事情？如果是打擾了他的安眠，挖掘隊應該會比你先遇害才對。」

「我才不知道什麼挖掘隊！我們是在辦表演。木乃伊就只是一個木乃伊，他生前的事我什麼都不知道。只是因為他頭有點大，所以才用『賢王』來打廣告，這就是我們的想像力派上用場的時候。話是這樣講，但這具木乃伊有埃及政府的證明書，沒有任何可疑之處！」

「我明白了……事情似乎就是這樣，你怎麼看，艾略特？」

維克多一臉「我什麼都沒搞懂」地看向艾略特。

但艾略特只是認真地盯著某個方向瞧。

他一進入這種狀況，就很難對周遭一切有所反應。公學時期他曾因此無數次被高年級生盯上，都是維克多在護著他。

不過艾略特本人對此並不在意，他憑藉不可貌相的膽魄和幸運為所欲為，漸漸成為了校園紅人。

「所以，您打算是要怎樣？我花大錢買下這個，廣告也打了。可是劇場竟然嚇得說不租場地，就算要退貨，賣給我的人也死了。老實說，真是虧大了！」

表演者焦躁地抖著腳說。但當他的目光停留在柯尼身上時，他頓了頓，然後慢慢地扭過頭來。

「……是說，那位童僕是什麼時候跟在老爺身邊的？那張臉，好像有在哪裡見過……」

「嗯，我看到了！」

「什、什麼東西？怎麼這麼突然！」

艾略特對略顯驚恐的表演者點了點頭，說道：

「我是說，我已經知道這一連串事件的全部真相了。」

「全部？您從剛才就一直在發呆，究竟知道了什麼！」

「這種事情用看的就知道了。還有，這個木乃伊我買了。」

「咦！這個木乃伊？……認真的？」

「當然是認真的，我和世人不同，不會說謊。」

面對笑容滿面的艾略特，表演者對意料外的事態似乎有些茫然。艾略特身上有一股強烈的光亮，讓人覺得假如盛夏的太陽化身成人形，大概就是這副模樣。一旦接觸這股光亮，這個國家的人就會陷入恍惚。

另一方面，維克多急忙抓住艾略特的手臂。

「等一下，艾略特！這可是被詛咒的木乃伊！」

「你真的相信有詛咒嗎？」

維克多的嘴一張一合，對詫異的艾略特欲言又止。他雖不願相信，內心某處還是很在意的吧。

艾略特輕輕瞇起眼睛說道：

「你不也同意嗎？木乃伊只不過是一具屍體。但這可是屍體喔。」

「……我不懂你的意思。」

「不用擔心，我什麼都看得出來，等換個地方再跟你解釋清楚。所以我要買下木乃伊，放心，我會出錢。」

艾略特的話讓人一點也不放心，維克多皺起眉頭。

「我就是怎樣都沒辦法喜歡你這種故弄玄虛的地方，看起來像是在玩弄別人。」

「不是那樣的，維克多。我一直都能看見真相，只是需要某種儀式才能讓你們看到。因為人並不是想看見真相，而是只想看見自己想看的。」

艾略特仔細地解釋，但維克多眉間的皺紋卻只是越來越深。

「我不這麼認為。真相有壓倒性的力量，艾略特。如果你知道真相，就別再說什麼儀式之類蹊蹺的事，應該現在就用大家都聽得懂的話說清楚才對。只要那真的是真相，不管是誰都會信服。」

維克多語氣沉重，但仍給人溫和的印象。

艾略特直直盯著維克多，說道：

「維克多，你真是個好男人。」

「不要轉移話題，艾略特。」

面對維克多的追問，艾略特只是回以微笑。

表演者怔怔地望著他們，很快又戰戰兢兢地插嘴：

「您願意買下這具沒用的木乃伊，這當然是求之不得，只是……老爺完全不信詛咒之類的東西嗎？」

「詛咒是存在的，你也被詛咒了。」

艾略特答得爽快，使表演者發出奇怪的叫聲。

艾略特溫和地笑著對他說：

「別擔心，我是幽靈，幽靈是不會被詛咒的。而且，我還能解除木乃伊的詛咒。不然你也來參加解除詛咒的儀式好了……對了，一定要邀請大家！我得商量一下場地。」

「不了不了，不過，老爺您說的幽靈是指……」

艾略特對膽怯的表演者「啪」地拍了一下手。

「對了，有一件事情我不太確定，你的同黨說他『被木乃伊襲擊』，他有沒有看到對方的臉？」

「臉應該被繃帶纏起來了吧，畢竟是木乃伊。我是這樣理解的啦。」

「嗯，我明白了。倒也不是不能接受，不過果然需要一個儀式啊。」

看著自言自語的艾略特，維克多用厭煩的聲音說：

「興趣是嚇唬無辜市民的幽靈男爵先生，能讓您為我們解除詛咒，實在榮幸之至。但像我這樣的普通人是否就沒有出場機會了呢？」

「噢，我的朋友。既有勇氣和人望，而且堅信真理，強韌又善良，當然有你的出場機會啊。」

艾略特略顯做作地說，接著迅速在維克多耳邊悄聲密語。

◇

自那之後，艾略特簡直就像成為了一名秀場表演者。

他按照宣言買下「被詛咒的木乃伊」，找來和木乃伊詛咒有直接關聯的人士，別的地方不選，偏偏選在大英博物館策劃一場私人解捆秀。

深夜時分。展廳被厚重的窗簾隔開，講堂裡到處都是堆積如山的陳舊資料，維克多諷刺的聲音迴盪在空氣中。

「畢竟是你，我還以為你一定會讓一般客人進來呢。」

「這樣人就太多了。我可是幽靈男爵啊，再加上被詛咒的木乃伊，大概要辦在世界博覽會級別的會場了。」

艾略特堂而皇之地裝聾作啞，他在外套下穿了為這天量身訂做的海螺化石圖案背心。而全身上下都選安全牌的結果，把一身高檔貨穿得土裡土氣的維克多，用複雜的表情打量著朋友。

講堂的角落，傳來表演者對他們倆的挖苦。

「嗨，老爺！期待您精彩的解捆秀喔！」

依然是沒有紳士裝束，一身廉價打扮的男人，艾略特卻開朗地朝他揮了揮手。他旁邊是弓著背坐著，一個和表演者一伙的男人，太陽穴上殘留著顏色鮮明的瘀青。那是「被木乃伊毆打出來」的。

聚集在此的觀眾不僅只有他們。一群學者模樣的人看似融洽地一起坐在最前排的座位，可以清楚看到木乃伊被變色的褐色繃帶纏繞著。一臉不高興地坐在他們後面的，是先前不願出借場地給表演者的劇場經理人。

一位少女靜靜地坐在離所有人都很遠的地方，還有一位深深低著頭的男子坐在座位上。至於柯尼，他屏住氣息佇立在房間的角落。

確認邀請的全員都到齊了，艾略特站到木乃伊面前。

他張開雙臂，以深沉的美聲說道：

「您的期待是我的榮幸。那麼！聚集在此的各位……沒錯，除了博物館員以外的人，大家都有一個共通點，那就是中了『木乃伊的詛咒』。」

艾略特裝模作樣地說著，大家的視線都集中到艾略特身上。表演者哼了一聲，他的同伙卻一臉不安地望向艾略特。劇場經理人下意識地咬著下唇，少女也微微顫抖。

只有那位低著頭的男人紋絲不動。

艾略特垂下眼睫繼續說：

「我必須遺憾地告訴各位，『木乃伊的詛咒』非常強大，畢竟是由長久的歲月積累而成的。一旦染上詛咒，大概一輩子都不會消失。」

「喂，這和之前說好的不一樣吧。為什麼開始威脅觀眾？下面還有一個小女孩呢。」

驚慌失色的維克多在艾略特耳邊低語。

艾略特立刻低聲回道：

「那個把木乃伊賣給表演者的男人，就是她的父親。她父親的死，是『詛咒』傳聞的開端，可以說她身上的詛咒最為強烈。如果不先幫她解開，就會像以前的我一樣，成為三流報紙的獵物。」

「也許是這樣沒錯，但做事要有分寸。既然要解除詛咒，就沒必要威脅人家，更用不著在這種讓人渾身不舒服的地方進行吧？這個地方可是收集了全世界的詛咒。」

維克多擔心地說，瞥了一眼棘手的木乃伊。

受詛咒的木乃伊看起來有些矮小，但以比例來說頭確實很大。隔著完全變色的繃帶，可以看出他的體型。有如強調「這裡有一具屍體」，使人越發噁心。

光是一具就這樣了，除此之外，大英博物館還有其他堆積如山的木乃伊。

艾略特笑著，輕快說道：

「確實是你說的那樣。不管外行內行，這裡收集了每一位考古學家從全世界帶來的古代神殿或神器，甚至連代表異教神的面具和壁畫都有。既然木乃伊有詛咒，那這些也有詛咒。這是當然的，畢竟侵犯了異教神的領域。我為什麼要把被詛咒的木乃伊帶來這種地方？不只維克多會這麼想吧，你們應該也想過……對吧？」

艾略特用清澈的聲音說。

沒有一個人出聲回應「沒錯」，但氣氛肯定了他的疑問。

艾略特滿意地環視臺下，然後把視線落在一旁。

那裡佇立著一位身材矮小，氣質枯槁的老紳士。

「因為這裡有木乃伊的專家，這位紳士在大英博物館擔任埃及和亞述部門的總籌。那麼部長，能否先簡單地告訴我們關於木乃伊的事情？木乃伊的詛咒就等之後再討論吧。」

「我怎麼能拒絕呢？您的父親曾對我百般照顧。他既是偉大的海洋冒險家，也是博物學家。這個博物館裡的寶貝，也有不少是他帶來的——好了，那麼開始講課吧。對我們這幫傢伙而言，可以說是再清楚不過的事。」

聚集在最前排附近，看似學者模樣的人們對部長露出微笑。他們是這座大英博物館的館員。大英博物館收藏了世界的諸多珍寶，按規定，高級館員必須住在館內的宅邸。博物館內有宅邸、有女僕、有廚師，他們都和家人住在分配到的房間裡。

這棟宅邸當然也聽說了這場奇怪的表演，閒著的人都趕來了。他們聽了部長的話，面面相覷。

「確實看慣了，你們覺得如何？」

「我的專業是中國文物，對陶瓷器的年代比較了解。」

「讓圖書館的居民來說的話，人的腦袋裡只要有圖書館的地圖就行了。如果想了解更多，可以看看埃及及相關的書籍。」

館員們在自由的氛圍中交談。部長隨意點了點頭，繼續說道：

「正如各位知道的，木乃伊是源自古埃及不死思想的埋葬方法。作為不死靈魂的歸處，將身體保存起來使其不會腐敗，就是所謂的木乃伊。容易腐爛的內臟會被取出來，但因為知道這是很重要的東西，所以會分裝在不同的罐子裡，一起放進墓中。古埃及人真的很聰明，聰明到讓人擔心我們到底進化了多少。但是沒有關係，請放心。現在想來，他們扔了一個不得了的器官，各位覺得是哪個？」

艾略特對部長的黑色幽默回以微笑，開玩笑地回答：

「是心臟吧？要是在屍體旁邊放太熱的東西，會變得容易腐爛。」

「有道理！想必你的心臟總是為戀愛燃燒著吧。但是很可惜，心臟是最重要的東西，會作為衡量生前罪惡的東西，留在胸口的位置。被丟掉的是……大腦。古埃及人認為，大腦只是用來製造鼻水的無用器官。」

部長笑咪咪地回答，維克多瞪大眼睛。

「真的嗎？也就是說，他們打算在復活以後過上沒有鼻水的生活嗎？」

「……這有讓你那麼驚訝嗎？」

應該有其他更意外的地方吧，艾略特這麼想著答道，噗哧一笑。他把玩著手中的手杖，低頭看著講臺上的木乃伊。

「我也羨慕沒有鼻水的人生，但很難想像沒有大腦的人生。因為我相信，我們人的心不是在心臟，而是大腦裡的東西。我想，這些木乃伊還沒有復活也是這個原因吧，部長？」

「因為沒有大腦，所以無法復活嗎？哈哈哈，不知道是不是這樣。對我們來說，比起當今的主流想法，『當時的埃及人是如何相信的』更重要。因為我們的工作，就是了解、保管、傳達當時人們的想法。」

「原來如此！那我們就按照木乃伊和博物館精神的基本，來進行下一步吧。迄今為止，我們英國人是怎麼對待木乃伊的呢？」

他繼續一本正經地說，可以看到臺下的劇場經理人打著哈欠。表演者意外地探出身子聽著，也許是想當作今後表演的噱頭。

聽到艾略特的問題，部長微微皺起鼻子。

「……這是個很敏感的問題，首先，他們被打碎，排列在藥局的架子上。因為味道太重會讓人想吐，所以被用來當作喝到毒藥時服用的催吐劑。貓咪的木乃伊也曾被當作肥料撒在院子裡，用和牛糞同樣的處理方式。」

「哈哈，也太糟了！相比之下，解捆秀不是很好嗎？別說是牛糞，木乃伊還是表演的主角！每個人都是出於卑劣的興趣而來，最後稍微學習一下就回去了。我們的工作和這個博物館做的是一樣的。」

出聲的是表演者。老是打哈欠的劇場經理人似乎也同意他的說法，輕蔑一笑。博物館館員中，也有人反倒揚起眉毛。維克多看似不知該擺出怎樣的表情，部長卻意外認真地點了點頭。

「嗯，是一樣的。大英博物館最初也是珍奇櫃的延伸，在樓梯平臺放置長頸鹿標本，雕塑和繪畫、標本在大廳混雜在一起，被人揶揄是畸形秀。」

「沒錯，正因如此——這裡才適合表演我的解捆秀。」

艾略特說道，微笑著拿起放在木乃伊旁邊的大布剪。

「各位紳士淑女！開場白到此結束，等候已久的解捆秀即將開始。我將用這把剪刀剪斷一切！這種娛樂在藥局擺放木乃伊的時候並不存在，知道為什麼嗎？」

他的聲音清澈得令人起雞皮疙瘩。

維克多微微顫抖，下意識地雙手抱胸，有如抱著自己的身體。柯尼玻璃珠般的眼眸越來越空虛，目不轉睛地盯著自己的主人。

知道臺下沒有回應後，艾略特壓低聲調繼續說：

「因為藥局擺的木乃伊只是藥品。沒錯，那個時代的木乃伊是『物品』。但隨著時間越來越接近現代，人們開始意識到理所當然的事情……木乃伊也是『人』。」

最後的聲音幾乎像是低語，但在講堂裡的每個人都聽得清清楚楚。

在奇妙的緊張感中，一股淡淡的汗臭開始飄散。眾人有些害怕。所有人都在關注他接下來要說什麼。

這恐怕是誰都知道，誰都有注意到的事。

以及，誰都沒有說出口的事。

艾略特在薄薄的嘴唇前豎起食指，緩緩一笑。

「我父親生前也一個人去過好幾次埃及，所以我知道，埃及的權力者會在墓穴留下『盜墓者會被詛咒』的訊息，這並不是什麼特別的事。對吧？部長。」

「嗯，他們害怕盜墓，所以在自己的墓上寫了很多注意事項，希望能用詛咒嚇阻盜墓。」

部長的聲音聽起來格外乾澀，而艾略特笑意漸深。

「也就是說，他們早就詛咒了我們。」

他用惡魔梅菲斯特的表情悄聲說道，接著端正姿勢繼續說：

「不過，這種詛咒對那些相信木乃伊是『物品』，毫不愧疚地拿來當肥料的人是行不通的。但是，現在又如何呢……？」

有人咕嚕地吞了口口水。艾略特的眼睛看起來閃閃發光。這次他的聲音越來越大。

「我們在察覺到木乃伊是『屍體』時，就發明了一種叫解捆秀的東西。這是一種享受內疚和滿足欲望的娛樂，可以合法觀賞與自己毫無關聯的屍體。請各位重新想想，把那些和我們同樣都是人的屍體，從心底祈求永生而死去的人，用盡各種功夫和技術埋葬的人，粗暴地挖掘、當成賣點、嘲笑、侮辱、破壞，攙扶尖叫的女士，感覺自己是個英雄……即便如此，還認為只有自己能保持善良嗎？」

最後，他敲了敲講臺的一角。

那聲音出奇地響亮，又慢慢消失。

周圍瀰漫著痛苦。眾人都屏住呼吸。

艾略特的甜蜜低語有如最後一擊。

「無數個，相當於木乃伊數量的詛咒，正向我們襲來。至今從未發揮效力的東西，將接二連地降臨到你我身上——」

「哈……我還以為你會說什麼！你是想找我們的麻煩嗎……」

表演者用浮躁的聲音打破沉默。他裝作一副憤怒的樣子，但從表情來看，顯然是感到恐懼。他心中也有愧疚，是艾略特讓他有了自覺。

沒有自覺，就無法解除詛咒。

艾略特正要溫和地開口時，一聲淒厲的悲鳴在四周響起。

「呀啊啊啊——！我不想被詛咒、不想被詛咒、不想被詛咒……」

「小姐？妳怎麼了？冷靜點。」

維克多嚇了一跳大聲喊叫，但尖叫聲並沒有停止。

從椅子上蹲坐到地上的，是因「詛咒」而失去父親的少女。她臉色發青，雙手按住太陽穴，飛快地說個不停。

「不是的、不是的、不是那樣的，我沒有錯，爸爸也沒錯，因為那具木乃伊是假的！」

講堂裡的空氣躁動了起來。

眾人各自扭曲著表情，將視線投向少女。

「果然如此。」

艾略特輕聲說道。

他向柯尼使個眼色，柯尼一下子就跑到少女身旁。

「沒事吧？」

少女聽見柯尼的聲音，猛地抬起頭，緊緊抱住他的手臂。

「不要緊對吧？我知道，我記得很清楚，臺上的是我們家做的假木乃伊。是我爸爸便宜買下那一帶的屍體做出來的，那只是屍體，不是埃及的國王，所以不會被詛咒對吧？只是把買來的屍體內臟挖出來晒乾而已，爸爸和我都沒有殺人，也沒去過解捆秀，所以我不會被木乃伊詛咒，還是可以上天堂對吧！」

「……」

柯尼沒有馬上說點什麼，維克多的臉則僵住了。

「等一下……所以說……？」

在維克多正確理解少女說的話之前，柯尼握住了少女的手。少女重新用雙手握住柯尼的手，拚命地抬頭看向他天使一般的臉龐。

「求求你，說我不會被詛咒。」

「不會有神的救贖。」

「咦？」

少女用眼神問「為什麼」，柯尼淡淡地說：

「像妳和我這種生活在底層的垃圾，不會有神的救贖，因為神只會拯救對這個世界更有用的上等人。但是，不管是多麼垃圾的人渣，艾略特先生都會伸出援手，所以才會特地把妳從孤兒院找來。因此比起神，妳更該向艾略特先生祈求。」

少女嚇了一跳，還沒回過神來，和表演者一伙的男人就臉色發青地叫道：

「不會吧……不可能、怎麼會有這種事！那的確是真的，我親眼看到的。」

「喂，不是叫你別多嘴了嗎！」

表演者怒吼，同伙的男人仍雙眼布滿血絲地繼續說：

「我也有懷疑過。什麼埃及政府的證明書，不管要多少都能用錢買到，我懷疑那個賣木乃伊的人是不是做了假貨……可是我看到了，在我去付另一半尾款的時候，正好碰上那個男的死了！那裡有一張詛咒的紙！」

「詛咒的紙？莎草紙嗎？」

即便是這種時候，部長還是被激起求知欲，出聲問道。

同伙的男人點點頭，急忙在口袋裡東翻西找，拽出一個變色成茶色、緞帶似的東西。

「就是這個！像是在跟人炫耀一樣，被放在那個死掉的男人身上。我以為是值錢的東西，不小心就帶了回來……所以才會被襲擊。那傢伙會在我們看不到的地方爬起來，來殺我們！」

「那是……」

部長皺起眉頭。

一片混亂中，艾略特輕笑著動了動布剪。

「沒錯！好了，現在開始一切真相都會浮出水面！」

他喊得特別大聲，接著拉開區隔展廳和講堂的窗簾。

「把剪刀放下！」

眾人的視線都集中在那含糊不清的叫喊上。

這段期間，一群男人接二連三地闖入講堂。他們穿著陳舊的印花紳士服，用刀和棍棒武裝，嘴周用手帕嚴密地遮住。這些男人怎麼看都像是雇來的流氓，少女發出微弱的悲鳴。

「怎麼回事，他們是從哪裡進來的？」

「出去，現在已經不是對外開放的時間了！」

館員們激動了起來。博物館員大多性格乖僻，與流氓形成鮮明對比。儘管如此，他們還是以保護博物館珍寶的氣概站了起來。

「還想活命就給我安分點！」

與之對峙的流氓，用富有經驗的低沉聲音威嚇周圍。

為了不讓任何人逃走，流氓不斷逼近眾人。劇場經理人和表演者都驚恐地想要轉身逃跑。柯尼摟住少女的肩膀保護她，維克多則一臉難以置信地把手伸入口袋。

在這樣的情況下，艾略特一個人平靜地說：

「我很歡迎多一點觀眾，但吵吵嚷嚷可不值得鼓勵啊。想和我一起解開木乃伊詛咒的話，就安靜地坐在那裡吧！」

「閉嘴！安靜把剪刀放下。你應該不想再失去一隻眼睛吧！老實把他交給我！」

入侵者說了「他」並指著的……是講臺上的木乃伊。

艾略特的眼神閃過一道光。

「維克多！」

艾略特喊道，維克多從口袋裡掏出笛子，吹出尖銳的聲響。

「什麼？」

「喂，住手！」

流氓們慌忙地想衝向維克多，但隔壁房間很快傳來一陣刺耳的聲音，門被人打開。幾乎與此同時，這群流氓現身的窗簾再度飄揚，穿著制服的警察們從四處蜂擁而出。

「統統不准動！」

「我們是蘇格蘭場！」

警察們怒喊道，迅速向流氓們亮出警棍。

「什麼？竟然是陷阱！」

「可惡，以為我會白白被抓嗎！」

看到埋伏多時的警察隊登場，流氓們一下子就慌了神。有幾個人仍試圖反抗，便衣刑警模樣的男人高聲喊道：

「勸你們還是早點投降吧！你們的雇主已經被捕了！看！」

「喂，走！」

在講堂裡所有人的注視下，一個男人被警察們推了進來。流氓們頓時吐了口唾沫，有的人呻吟著試圖再次逃跑，結果遭到警察隊圍攻。

混亂中，博物館員做出意外的反應。

「你是亞蘭……？是亞蘭沒錯吧？怎麼回事，亞蘭，你幹了什麼！」

「是負責撢灰塵的人把他們放進來的嗎？那是要做什麼？喂，亞蘭！到底怎麼回事！」

就算被眾人呼喊名字，被警察帶來的亞蘭仍只是低頭緊咬著牙。他的體型相對來說比較矮小，頭則大得有些顯眼。

艾略特一看到他，眼睛就閃著煩人的光叫道：

「啊，果然！你長得和你哥哥一模一樣呢，亞蘭！」

聽到他的聲音，亞蘭困惑地抬起頭。

看到那張臉的瞬間，少女發出驚人的慘叫。

「呀啊啊！木乃伊！那時候的木乃伊復活了！那個木乃伊！」

「好了，冷靜點，他不是木乃伊，他還活著！」

維克多驚慌失措地喊著，試圖安撫少女，但少女似乎已經什麼都聽不見。她甚至甩開柯尼抱著她的手臂，不停叫著。

「完蛋了，完蛋了，被詛咒了，所有人、所有人都會被殺死的！」

「這到底怎麼回事！別說解開詛咒，這孩子反而大喊木乃伊復活了！幽靈男爵什麼鬼的，你應該可以解釋清楚吧！」

不甘輸給周圍的混亂，表演者怒吼如雷。

與之相對，艾略特笑容燦爛地歪著頭。

「不用擔心，從現在起所有詛咒都會解除。總之，這具木乃伊是這位亞蘭的哥哥——米勒．麥金托什！對吧，木乃伊先生？」

艾略特說完，盯著講堂的觀眾席。

那個一直低著頭的男人——準確地說，那個「男幽靈」——慢吞吞地抬起臉，點了點頭。他面向正面的頭不只和亞蘭一樣，也和講臺上的木乃伊一樣，大得有些顯眼。

◇

「也就是說，這就是真相。」

一切結束後，艾略特悠閒地在大英博物館內一邊散步一邊說道。同行的維克多依舊眉頭緊鎖，柯尼面無表情，若無其事。埃及和亞述部門的部長則一臉疲憊。

「弟弟亞蘭殺死哥哥米勒，變賣屍體。賣出的屍體被做成假木乃伊，再轉賣到解捆秀。因為頭很大，所以被封為『賢王』。無意中得知此事的亞蘭，認為那會是米勒屍體的末路，一下就慌了神。萬一木乃伊做得不好，在表演中暴露身分，那麼自己變賣屍體，甚至殺了米勒的事情說不定就會暴露。」

「……所以他慌慌張張地想要拿回木乃伊，在過程中殺死了與木乃伊有關的人……是這樣嗎？」

維克多一臉無法釋然地說，艾略特將視線從希臘壺上移開，爽朗笑道：

「有什麼不可思議的地方嗎？亞蘭一開始也沒有那個打算吧。他找到製作木乃伊的男人想要取回木乃伊，談判破裂後不小心殺了他。之後，他得知自己造成木乃伊詛咒的傳聞開始流傳，反而利用詛咒而行動。為了阻止演出，他把隨便準備的屍體扔進劇場，再用纏著繃帶的手襲擊表演者一伙。」

「……亞蘭確實在接受調查時說過這樣的話。不過他手上的繃帶，一開始好像是為了掩飾和做木乃伊的男人纏鬥時造成的傷口……但我認為他是故意殺人的。他殺害那個做木乃伊的男人的時候，不是特意留下了詛咒的紙嗎？如果只是偶然，也準備得太周到了吧？」

維克多嚴肅地說，部長突然插嘴：

「子爵，那不是詛咒的紙，是死者之書。」

「抱歉我學藝不精，死者之書是什麼？它聽起來更像是詛咒。」

面對慌張的維克多，部長苦澀地笑著揮了揮手。

「不，死者之書並沒有那麼嚇人。它就像一本指南，寫著死者到達死亡之國之前的注意事項。上面還畫了木乃伊的製作方法，如果把它放在死者身上，與其說是詛咒，不如說是幫助。不過……我都不知道，原來亞蘭如此熱愛埃及文化……」

「嗯……不過，亞蘭是大英博物館的職員吧……？」

對部長消沉的說法感到不知所措，維克多用幼犬般的視線向艾略特求助。艾略特體貼地替部長的話做補充，他笑著說：

「維克多，亞蘭只是負責撢掉藏品灰塵的職員。大英博物館也有其他專責計算的人，這樣的人很難晉升為研究職位，或許是因此加深了對文化的憧憬吧？」

「『負責撣灰塵』。只負責撣灰塵……」

維克多啞口無言，一旁的部長無力地笑著。

「……我覺得，要是早點注意到就好了。不論真偽，市面上本來就有很多死者之書，在埃及是便宜的特產。喜歡埃及的話，持有此物也不奇怪。他追著米勒的屍體，查到偽造木乃伊的人家裡……或許亞蘭是對他們製作木乃伊的設備太粗糙而感到生氣，才會動手打人。」

「原來如此，真是專業性的憤怒。」

維克多不知道還能再說什麼，神色凝重地望著從希臘神殿剝下來的雕塑。部長默默地走了一會，終於露出疲憊的笑容看向艾略特。

「……艾略特，如果相信你說的話，你是知道亞蘭是凶手，才把『被詛咒的木乃伊』帶到這裡的吧。不過從解除詛咒的意義來看，選擇這裡也是對的。我們既是掠奪者，也是野蠻人，所以至少要繼續學習不可，讓過去的遺物留存越久，像你一樣發現真相的人就會越來越多。接納各式各樣的生死觀和價值觀，只要能意識到不該輕視它們，我們就能有所改變。恐懼也好，詛咒也罷，終究都會消失的吧。」

「謝謝您的這一番話。我希望這座博物館能長久地留在這裡。」

艾略特靜靜地說，部長只有一瞬間皺起眉頭，似乎要哭出來了。

他留下一句「我還有工作」就離開了。目送著部長離去的背影，維克多深深嘆了口氣。

「哎呀呀……這還真是奇特的真相啊，艾略特。」

「是嗎？我從一開始就看到他站在木乃伊旁邊，所以一切都是理所當然的。」

「……他？」

維克多用有點破音的聲音說，看了一圈四周。從剛才就一直在艾略特身邊的亞蘭哥哥，也就是米勒的幽靈，朝著維克多輕輕地行注目禮。當然，維克多是看不見的。

柯尼凝神注視著米勒，接著貼近維克多的耳邊輕聲說：

「他現在就站在那裡。」

「那裡是指這裡嗎？柯尼，你也看得到嗎？」

維克多戰戰兢兢地問，柯尼點點頭。

「聽艾略特先生說，我大概只能看到模糊的影子。」

即使柯尼這麼說，維克多似乎還是難以置信，但艾略特覺得他保持現狀就好。艾略特握著帶有水晶圖案的手杖，心情愉快地說：

「幽靈這種東西，如果有被好好安葬，本來是不會出現的，所以我一開始就認為木乃伊的詛咒是騙人的，畢竟他們是埋葬得最妥善的屍體。我過去看是因為覺得，要是能碰上法老會很有意思，結果就看到了這邊這位紳士。」

「哎呀，給您添麻煩了。那邊那位紳士也是。」

聽了艾略特的介紹，米勒誠惶誠恐地將靈體的帽子重新深深戴上。

艾略特禮貌地對他微笑。

「不必在意，維克多就是個喜歡以善意來行動的男人。是說，你說的是標準英語，真讓我打從心底鬆了口氣。我會說一點其他語言，但古埃及語實在一竅不通。」

「哈哈，那倒也是，我也完全不懂埃及語。」

維克多瞇起眼睛，盯著艾略特和米勒有說有笑的方向，低聲說：

「他們聊得很開心嗎？」

「是啊。啊，走那裡的話，會踩到幽靈紳士的腳。」

在柯尼的提醒下，維克多急忙後退。

艾略特一邊留意不讓幽靈紳士被踩到腳，一邊繼續說：

「是說，你的臉色還是不太好啊。果然被自己親弟弟殺死，是很大的打擊吧？」

艾略特的問題使米勒沉思片刻，他慢慢地回答：

「沒什麼，這並不奇怪。我們兄弟感情本來就不好，我也有錯。說來慚愧，是我自己研究資金周轉不過來，去問弟弟能不能借我錢。明明知道他賺得不多，卻還這麼做，於是就起了爭執……與其說那是殺人，不如說是意外。」

「原來如此。你不恨你弟弟嗎？」

「當然不！只是，我還有個遺憾。那個……我有在研究顱相學，您有聽說過嗎？」

亞蘭哥哥的眼睛只有在說「顱相學」這個詞的時候才炯炯有神。

艾略特感覺自己的皮膚有些火辣辣地疼，微微點了點頭。

「我想大致懂一些，就是『以骨頭的形狀決定人格』的理論吧。」

「是的，正確來說，這是一門人格、善惡、優劣，一切都能用骨頭和大腦解讀的學問。但弟弟卻認為我的研究是迷信，所以當知道自己快死了的時候，我很高興。我想利用這次的死亡，讓他了解顱相學的價值。於是我留下遺言說『等我死後，請你把我解剖取出骨頭，證明顱相學的正確性』……我弟弟似乎對此非常火大。」

「原來如此。所以亞蘭才特地變賣你的屍體嗎？」

艾略特下意識地摸著自己的下顎附和道。

米勒出神地凝視著那輪廓好看的下顎。

「是啊。不過……發生了一件麻煩事。正因為靈魂寄宿在大腦裡，我認為透過頭蓋骨就能了解人的一切，這就是顱相學。但是……如您所見，變成木乃伊的我，大腦已經被人丟棄了。要是我的靈魂真的寄宿在大腦裡，我不是隨著喪失大腦一起獲得自由，就是和腐爛的大腦一起蹲在下水道。但實際上，在遇見您之前，我一直執著於這具沒有大腦的身體，無法離開，而且是懷著非常悲傷的心情。」

「喔，你在懷疑靈魂是否真的寄宿在大腦？」

這是死者才有的煩惱。倒不如說是一種哲學。

艾略特感興趣地交疊雙臂，米勒繼續說：

「事到如今，再怎麼迷惘也沒有辦法證明了，卻還是很在意。唉，都死了還在為這種低層次的問題傷腦筋，真不知道敬愛的布拉瓦茨基女士來到這裡的時候，我該怎麼跟她說才好呢。」

艾略特在心中重複著布拉瓦茨基這個名字。

這是在靈異方面很常聽到的名字。她提倡的「神智學」是種折衷了既有宗教的新宗教，似乎以這個世界的真實為教義。據說對各種靈異現象也有新的解釋，但對艾略特來說，看得見的就是一切。是否有必要特意解釋，實在很令他懷疑。

要說為什麼的話，因為解釋總是離真實越來越遠。

話雖如此，既然能在這種地方出名，那麼布拉瓦茨基的思想也許會傳播開來，艾略特心想。

目前世界上的主流意見認為「顱相學」是唬人的，實際上艾略特也這麼想。但是，新的思想會陸續不斷出現。

人們只會看自己想看的，只相信自己想相信的。

這次擊退木乃伊的詛咒雖然痛快，但這個世界上仍播滿了許多迷信、欺騙，與真實相距甚遠的思想種子。就算以幽靈男爵的名義一一擊潰它們，也很快就會捲土重來吧。

人不可能不死，但有害於人的迷信，會永遠永遠頑強地活下去——

「……艾略特先生？」

柯尼突然叫了他的名字，艾略特低頭看向他。回望著他的灰綠色瞳孔，就像是底下積著軟泥的湖水，艾略特稍微平靜了下來。

文靜、忠實又聰明的柯尼。在馬戲團長大，一點學問都不懂的柯尼，唯獨對魔術和艾略特心情的變化，是這個世界上最了解的人。

艾略特微笑著摸了摸柯尼的頭，然後轉向米勒。

「骨頭能讓我理解的，就是它們的美麗。所以，這樣的我有個提議……要不要先忘了學問的事情，來我家一邊欣賞恐龍骨頭一邊吃晚餐？我從其他死去的人那裡聽說，死者之國似乎離倫敦有點遠。出發之前，先填飽肚子怎麼樣？」

米勒沉思一番後笑了，笑容中承載著淡淡的人生苦澀。

「是啊，那就聽您的吧。畢竟，這肯定是我最後一次受到活人的邀請了。」

3 修道院之謎與愛的誓言

阿蓋爾公爵的鄉間宅邸，位於蘇格蘭的春天中。

在冬天變得荒涼的田野和緩丘，現在也被鮮嫩的綠色覆蓋。多刺的灌木叢，也被黃色和紫色的花朵包裹著。這是一年中最美麗的季節，所有生命力破土而出，與大氣交織在一起。

為了享受盛大的狩獵而停留在厚重石造府邸的紳士淑女們，選擇在午後略顯慵懶的時光聚集在日光室。他們的目標既不是熱茶，也不是窗外的景色，而是一個無比優美的男人的小提琴演奏。

「……太精彩了。」

「好甜美的音色，就像糖蜜一般。」

聽見觀眾熱烈的讚嘆，艾略特微微睜開眼睛。他大部分的意識依然專注於演奏，抬眼望向四周。女士們的七彩禮服緊密地湊在一起，與紳士裝束的黯黑相互襯托，就像一幅美麗的馬賽克畫。

而且——在他們的縫隙間，頭頂上，各種年代的禮服裙襬翩翩飄揚。

那位，這位，還有那一位，大家都是幽靈訪客。

——歡迎來到音樂會。

艾略特微微加深笑意，為歌曲增添更多情感。

音色越是豔麗，日光室裡越是聚集美麗的幽靈紳士淑女。他們看起來和活人幾乎一模一樣，但他們可以在牆壁上、天花板，以及活生生的紳士淑女頭上自在跳舞。

死者非常喜歡音樂。忘記啟程的死者，會停留在有淵源的地方，輪廓逐年變得模糊。於是生前的記憶逐漸淡薄，說話也變得力不從心，但艾略特的小提琴有讓他們清醒過來的力量。

看看那位戴假髮的紳士威風凜凜的大腿，還有這位女士搖曳的希臘式禮服，那美麗的舞姿、確實的舞步。就連一歲左右的年幼死者，也拖著嬰兒禮服，小步小步地跟著音樂起舞。

那模樣是如此可愛又惹人憐惜，艾略特差點就要笑出聲來。下次為他演奏一首搖籃曲好了，就在他這麼想的時候。

「這裡有天使！」

一道水晶簇般的聲音飛來。

艾略特感到心臟一陣刺痛，立刻停止演奏。

死者和生者，所有客人都看向聲音的方向。不知為何，這個聲音讓人無法不這麼做。在他們視線前方的，是一個十歲左右的少女。艾略特正想著她是不是死者，就馬上否定了這個想法。

這個少女是所有人都能看到的。

但以生者而言，這孩子是不是說了什麼奇妙的話？

「天使？她在說什麼？」

「真可愛。是公爵家的小姐嗎？」

客人們竊竊私語，房裡的男僕急忙奔向女孩。接著一個氣喘吁吁的侍女衝了進來，叫苦地說：

「莉莉安小姐，請到這邊來！來吧，快！」

「不要。這裡有天使，很漂亮，而且……」

莉莉安停頓了一下，從正面看向艾略特。彼此視線相撞。

水晶簇。

和方才聽到她聲音時同樣的印象，貫穿了艾略特。

她的視線很強烈。過於清澈的灰色眼眸讓艾略特眼睛發疼，不由得瞇起眼睛。莉莉安燦爛地笑著，用那雙有力的眼睛刺穿艾略特，指著空中蹣跚學步的鬼魂。

「你也看到了吧？」

◇

「……真是不禮貌的相遇啊。」

「您客氣了，閣下。」

隔天，艾略特休息不去狩獵，來到一個廣闊的庭園。

走在他前面的老人，正是宅邸的主人阿蓋爾公爵。他遵循蘇格蘭貴族的傳統，直到因痛風退休前一直走在英國政壇的最前線。這是他一次見到艾略特，但對這個名字很熟悉，因為艾略特在印度的時候，他正擔任印度事務大臣。

公爵選作隱居地的城堡庭院，其中一角是法式幾何迷宮，另一角配置了廢墟風格的人工洞窟。縱然上了年紀，老阿蓋爾公爵依然挺直瘦削的脊背，走在庭院的小徑上。

他用沙啞的聲音說道：

「叫我阿蓋爾公爵就好。你看起來比評價中還要懂禮數。」

「那是因為公爵的眼睛是清澈的吧。人總是只看自己想看到的。」

艾略特跟在他身後，沉穩地回應。阿蓋爾公爵嘴裡應了一聲「嗯」，緩緩繼續說道：

「確實如此。所以那個孩子也在看她想看的東西？」

那個孩子大概是指莉莉安小姐吧。昨天闖入音樂會，阿蓋爾公爵第十三子的女兒。她看得見幽靈。

「也許是……是從什麼時候開始的？」

艾略特乾脆而簡短地問。這是他第一次和阿蓋爾公爵單獨交談，從他簡約優雅的著裝中可以看出他不喜虛榮。

公爵拄著手杖停下腳步，凝視著春花盛開的池塘說道：

「從以前就是這樣。至少在她父母去世的時候就能看到了。我對這種事向來一無所知，不知不覺就到了這個年紀。世界上有多少像你和那個孩子一樣的人？有沒有類似社交場合之類的地方？」

「據我所知，每個人或多或少都有這種力量。只是任何力量都有強弱之分，如果是『能感受到存在』的程度，那大概占了世界的一半人口。可惜的是，我還沒有遇過像我一樣，可以把『死者和生者看得一模一樣』的人。」

艾略特站在公爵旁邊，和他一樣看著池塘回答。

作為幽靈男爵東奔西走的艾略特，並不認為擁有看得見死者的力量和不幸有直接關係。死者有好人也有壞人，但活著的人也是一樣。把看得見的東西，當作看得見的東西來處理就好。

反而是周圍的人容易變得不幸。自己親近的人，看著和自己不一樣的東西，這往往使人傷心。公爵也對孫女看到的世界感到驚訝、受傷，並努力尋求對策。艾略特認為公爵的行為極其真誠。如果是兒子或孫子還好說，她是遲早要出嫁的孫女，本來只要全交給家庭教師或新娘學校就可以了。

公爵揚起修剪整齊的白眉，低聲說道：

「把死者和生者看得一樣嗎？那個孩子……莉莉安說，她看到『天使』。」

「小姐昨天好像也是這麼說的。」

「是啊。那孩子說，死去的人都會成為美麗的天使。這個世界似乎充滿了天使。」

公爵的語氣充滿苦澀和困惑，卻帶著一絲慈祥。艾略特微笑著。

「莉莉安小姐看到的世界很美，這是她心地善良的證據。」

「……嗯。到了這把年紀，可以看見美麗的幽靈，甚至會有一種羨慕和救贖的感覺……事到如今，我感覺自己的信仰也衰退了。」

聽見公爵的語尾無力地消失，艾略特稍微端正了姿勢。即使是公爵這般氣概的老人，果然也會害怕死亡。

艾略特仔細為公爵挑選詞彙。

「只要信仰足夠深厚，確實能把幽靈之類的一笑置之。可以把孩子說的話當作玩笑來處理，用教育的力量就能擺平。不過，這個世上的一切就像潮水的潮起潮落。現在這個國家，信仰的力量衰退，顯露出一片虛無。但大海始終是大海，退去的東西遲早會有充滿的一天。」

信仰的減弱，絕不是因為公爵的精神軟弱。

而且，生命向來是不可思議的。

艾略特說完這番話便沉默不語，公爵緩緩將目光投向他。

「你說話的時候，把要聰明的那一面藏得很好。潮水的潮起潮落啊……你是海軍？」

「我是陸軍。我在印度待了很長一段時間，但小時候曾和父親出海過。」

「『幽靈男爵』。」

艾略特對公爵的私語微笑。

「原來您知道。這個名字聽起來就像畸形秀的招牌。」

「我一開始也是這麼認為，但現在對你改觀了。」

公爵神色稍顯緩和地說。艾略特向他輕輕一鞠躬。

他的沉著和真誠，似乎讓公爵的臉色好了一些。

「我相信你的為人。你能不能和莉莉安稍微談談？我不想否認她看到天使，但她年紀還小。不管是驚人還是難以解釋的事情，她看到什麼都會說出來，也有人害怕莉莉安談論幽靈而辭職……這樣下去，那孩子會沒辦法適應活人的世界。」

「也就是說，需要一個看得見幽靈的說話對象。我來試試吧，不過……」

「不過？」

看到公爵揚起單邊眉毛，艾略特神色自若地加深笑容。

「我可是一隻臭蒼蠅。」

公爵被他的直白嚇了一跳，不禁笑出聲來，眼睛一亮。

「嗯……哈、哈哈哈！放心吧，要是有蟲子對她出手，我就把他殺了。」

◇

「一切安好，莉莉安小姐。」

聽見艾略特略微恭敬的呼喚，在庭院花園玩耍的少女抬起頭。一看到艾略特，她就搖晃著一頭金棕色鬈髮跑了過來。

「果然是你！我就知道你會來。呃……」

「請叫我艾略特，小姐。您之前就覺得我會過來？」

艾略特彎下腰禮貌地詢問，對上莉莉安閃著光澤的灰色眼睛。

「爺爺很擔心我跟別人講天使的事情，艾略特。已經有很多家庭教師和牧師來過家裡，可是都沒辦法遮住我的眼睛。所以我想，下次來的一定是「看得見」的人。不是有句話叫『以賊捉賊』嗎？」

從她的話語和聲音中滲出的理智之光，令艾略特自然地笑了。他相信這個少女一定沒問題。看得見幽靈的人生並不尋常，但她一定知道如何控制自己。

心裡敬意和惡作劇的心態各占一半，艾略特將手貼在自己的胸口上。

「聰明的小姐。可是我不只是賊，還是個很壞的賊。」

「咦！那你是殺人犯嗎？」

莉莉安一臉老實地問，艾略特看得差點失笑。壓抑著滿腔笑意，他向少女伸出手。

「那倒是也有。而且……妳看，我偷的。」

他轉動手腕，取出藏在自己袖子裡的紅色人造小花。這個從柯尼那裡學來的簡單魔術，讓莉莉安瞪圓了眼睛。

「哇！是從哪裡拿出來的？」

「我把妳的靈魂從胸口偷走了。因為我是一個壞男人……哎呀？這真是盛開的靈魂啊，偷不完！」

艾略特睜大眼睛，從手中灑下幾朵人造花，莉莉安的臉頰泛起玫瑰色的紅暈，蹦蹦跳跳起來。

「厲害！厲害厲害！艾略特，再讓我多看一點！」

莉莉安的說話方式完全變成年輕女孩的樣子。艾略特對她笑了笑，朝在花圃外等候的柯尼招手。

他今天應該也有為莉莉安準備了魔術。

「那我得叫老師過來了。來吧，柯尼！傷腦筋，我偷不完她的靈魂，用你最擅長的魔法幫幫我吧！」

「艾略特先生真是強人所難。」

柯尼微微皺眉，撿起掉落的人造花。

「……它被泥土弄髒了。如果就這樣放回去，會弄髒妳純潔的心臟。」

「那你會怎麼做呢？」

將視線從人造花移到一臉興奮的莉莉安身上，柯尼用空著的手轉動小刀。刀刃反射出溫暖的陽光，令人眩目。

「哇！到底是從哪裡變出來的？」

莉莉安正對突然出現的小刀感到驚訝，柯尼就反手握住刀子，就這樣猛地刺進自己的胸口。

「呀……！」

「柯尼！」

艾略特也嚇得大喊。他知道這是魔術，但給小女孩看太過刺激了，加上柯尼的演技又很出色。

「嗚……嗚……」

他搖晃著身子，蒼白的嘴唇發出痛苦的呻吟，說是美豔也不為過。就在艾略特臉色一沉想要阻止柯尼的時候，莉莉安喊道：

「沒事的，柯尼！你不用害怕！」

「莉莉安小姐？」

就在艾略特驚訝之餘，莉莉安緊緊地扶住柯尼的肩膀。她將臉湊向他，用堅定的語氣對柯尼輕聲說：

「沒事的，不要怕，痛只是一瞬間的事。你會變成天使，所以沒有什麼可怕的。你會比現在更美麗，也不會再發生痛苦的事情，你會給世界帶來幸福。」

「莉莉安小姐……」

柯尼微微睜開眼睛，抬頭看向莉莉安。

「別勉強說話……呀啊！」

一束鮮紅的人造花，在溫柔細語的她面前憑空綻放。

花是從柯尼刺進刀的地方長出來的。

「……我用自己的血淨化妳的靈魂，結果太過火，多了這麼多。」

「哎呀……！」

他將人造花遞給瞪大眼睛的莉莉安，用清脆悅耳的嗓音說：

「妳願意收下嗎？莉莉安小姐。您比花還要像花一樣美麗。」

柯尼老練的口吻讓嚇了一跳的莉莉安重展笑容。

「謝謝你。多麼神奇的魔法啊！」

「還有很多很多喔，這些花全都是為您而開的。」

她一收下花束，柯尼又從空中變出大大小小的花朵。那可說是優美的舉止，令莉莉安歡呼不已。

「好棒，真厲害！你還能變出什麼東西？真的花或小鳥？可以反過來把牠們變不見嗎？」

「真正的花很容易受傷，所以很難。如果有兩隻同樣的小鳥，就可以把牠們變出來或變不見。」

柯尼如實回答，艾略特苦笑著說：

「好了啦，柯尼。謝謝你的神奇魔法。」

「好的。」

柯尼回應完便乖順地不再說話。

從不可能的地方變出來或消除某種東西的魔術，大多是把要變出的東西壓縮成小塊，藏在某個地方。人造花可以摺得很小，但小鳥不能。艾略特問過柯尼才知道，有一種魔術就是把其中一隻相似的小鳥捏扁藏起來。

「太棒了，艾略特。你和你的隨從都是多麼美麗又優秀！」

艾略特對毫不知情，一臉雀躍的莉莉安平靜地說：

「我們好像不好的玩笑開過頭了。不過，妳的反應倒是挺冷靜的。」

「你是說柯尼用刀子的時候嗎？因為我知道死去的人會變成天使，我什麼都不怕。比如說……那邊那些人，也是死去了對吧？」

她指了指花園一角，有一個看似園丁的幽靈正在照料花朵。從外型來看，應該是很久以前的死者，細節飄忽不定，容易散開。不仔細瞧，連艾略特也很難看清楚。

「嗯，沒錯……妳剛才是說『那些』人嗎？」

艾略特之所以這麼問，是因為他只看到一個園丁。

他想確認「那些人」是否重疊在一起，走進花圃幾步凝神細看。奇妙的是，幽靈自己未必能看見其他幽靈。尤其是不同時代的幽靈，有時會重疊在一起生活。

然而，園丁的幽靈怎麼看都是一個人。他一個人將鏟子舉起又揮下，持續著單純的工作。

莉莉安回答：

「是『兩個』人，艾略特。其中一個好像在睡覺，可是，他們兩個都很漂亮。全身閃閃發光，長著雪白的羽毛。看著那些人，我覺得死亡是一件很美好的事。也有像艾略特那樣活著就很漂亮的人，不過死後大家都會變漂亮的！」

聽著少女唱歌一般的聲音，艾略特窺探幽靈園丁的腳下。

他終於也看見了另一個幽靈。

一個豐滿的中年女性死者，躺在鋪滿鮮花的地面上。

死去的園丁揚起鐮子，朝中年女性的腹部揮下，一次又一次地向下揮。每一次，死去的中年女性都會彎起身體，把嘴張成英文字母O的形狀，這怎麼看都是同個時代的死者。

恐怕是園丁殺死中年婦女，自己之後也因為某種原因死了吧。無法忘記那股衝擊的兩人，在這裡一遍遍地重演殺人現場。

「艾略特先生。」

不知何時陪在一旁的柯尼擔心地輕喚。

艾略特臉色微微發白，視線始終沒有離開兩位死者。他喃喃說道：

「沒事的，柯尼。」

實際上，他已習慣這種光景。

有好好舉辦葬禮和埋葬，幽靈就不會留在這個世界上。假如留下的幽靈死去沒多久，只要裝飾鮮花、吟唱聖經金句，做個一時的葬禮便會踏上旅程。但若是過了一段時間，事情就不會那麼順利。無論是語言相通，還是無法溝通的幽靈，全世界遍布著各式各樣的死者，艾略特一個人應付不來。

艾略特把視線從幽靈們身上移開，回頭看向莉莉安。

她正好將方才柯尼遞給她的花束拿在腰間。

「怎麼了？」

莉莉安端莊地歪頭問道。艾略特把她和腳下大概是因臟器外露而死的死者身影重疊在一起，一股灼熱湧上胸口。艾略特勉強嚥下那股噁心，平靜地笑了笑。

「莉莉安小姐。死者之所以看起來美麗，一定是因為妳有一顆美麗的心。那些天使不會對妳做可怕的事嗎？」

「天使不可能做什麼可怕的事！畢竟是天使嘛……還是說，他們會做什麼讓你害怕的事嗎？艾略特。」

聽見她無憂無慮的語氣，艾略特的胸口也稍微舒坦一些。悄悄地深呼吸後，艾略特走向她，單膝跪地。

他像騎士對公主那樣仰望莉莉安，用柔和的嗓音說道：

「我的心比妳醜陋，所以多少覺得有些可怕。可是相對地，我也有克服恐懼的力量。因為妳是『看得見』的人，我就特別告訴妳吧。」

「你真好！我想聽，請告訴我。」

莉莉安興奮地把臉湊過來，艾略特在她耳邊輕語。

「我的心裡有一把劍。」

「劍？我不想用它去砍天使。」

莉莉安似乎有點失望。不過，莉莉安總有一天也能明白這句話吧。為了那一天，艾略特把手貼在胸前說：

「我不會砍天使的，至少對天使是這樣。我砍的是其他更可怕的東西。」

「——對艾略特來說，可怕的東西有很多吧……還有痛苦的事。」

說著，她突然用柔嫩的手掌覆上艾略特的兩頰。

一雙灰色眼眸近在眼前。無比清澈的眼睛——但絕不脆弱，從高硬度寶石般的瞳孔深處投來銳利的視線。

艾略特認為那是一種尖刺。

白玫瑰之刺、水晶簇。那是一雙徹底清廉、敏銳，能看穿真實的眼睛。

一對上她的雙眼，艾略特就感到心臟刺撓，所有的逞強和矜持似乎都要剝落。多麼不得了的眼睛，這孩子不知害怕為何物，所以無論看向哪裡都是尖銳又深入。

艾略特屏住呼吸，不久，她輕輕地吻在他的眼罩上。

「我們來做朋友吧？艾略特。」

「這是我的光榮。我很高興。」

他想說些更周到的話，卻不知為何說不出來，最後只說了這些。莉莉安揚起嫩綠色的禮服，輕快地笑了。

「太好了太好了！我也很開心。居然可以和看得見天使的紳士做朋友，我也像長了一對翅膀一樣！艾略特，我有個一直想和朋友一起去的地方。就在領地旁邊而已，是一棟既漂亮又浪漫的修道院！」

艾略特還有些不知所措，莉莉安卻不等他。

「好啊，我也喜歡浪漫。不過，得先得到您祖父的許可才行。如果他以為我把妳抓走，我可是會變成獵鹿活動的鹿喔。」

艾略特對突如其來的發展表示提醒，莉莉安噗哧一笑，將小手交叉於身後，身體彎向一側。

「那當然，不過爺爺一定會說『好』，因為我和住在那裡的人從很久以前就認識了，小時候也常常去玩。之前的侍女因為害怕詛咒就不肯陪我了，但是艾略特應該沒問題吧？」

「……莉莉安小姐，您剛才說詛咒？」

這個詞語來得太快太乾脆，艾略特慌忙回問。相對地，莉莉安完全不放在心上。

「嗯，據說住在那裡的一族生來就會被詛咒。多虧這個詛咒，聽說年輕的家主也沒能定下婚事，很辛苦，但是我完全不介意。好啦，決定要出門的話就得換衣服才行。貝蒂，幫我換衣服！」

說完一長串的話，不等艾略特做出反應，莉莉安就如蝴蝶一般向侍女翩翩跑去。

艾略特呆然地目送她好一陣子，深深嘆了口氣。

「如果是修道院的詛咒，『幽靈男爵』可不能坐視不管……這孩子真厲害，她真的不害怕死者。」

「是啊。」

柯尼的回答有些消極，艾略特則略為興奮地繼續說：

「這是純真無邪地成長才會有的奇蹟吧。哎呀……就這樣長大的話，說不定會成為『幽靈男爵』的絕佳幫手呢，今後女性恐怕也會更活躍於社會。當她站在舞臺上的那一天來臨，人們也許能完全忘記對死亡的恐懼。再說下去就沒意思了，總之，大概會變得很不得了。」

「小姐是個出色的人……不過，艾略特先生，請您留心。那些在水溝裡長大的孩子，有可能會把腐爛的杏仁看成寶石。」

柯尼認真的聲音傳入耳中，艾略特低頭看著他。

看慣的灰綠色眼眸仰望著艾略特。但是，有哪裡和平時不太一樣。現在的他給人一種妖精的感覺，彷彿已經活了一千年，什麼都知道似的。他露出了那樣的眼神。

「怎麼突然這麼說？莉莉安小姐是咬著杏仁狀寶石長大的孩子喔。」

為了讓柯尼安心，艾略特特別放輕語調說。

柯尼目不轉睛地盯著艾略特，喃喃自語：

「但願是這樣。」

艾略特歪著頭看了看他，牽起柯尼的手。

他的小手沒有任何抵抗地收在艾略特的手中，十分冰冷，還在微微顫抖。

「你在害怕，為什麼？」

艾略特緊緊握住他的手，柯尼也拚命回握。那股力道，強得就像溺水的孩子抓住救命繩。

柯尼微微垂下妖精似的眼睛，用顫抖的聲音幽幽地說：

「我怕的，是所有威脅您的東西，艾略特先生。」

◇

「歡迎光臨，呃——」

「請叫我幽靈男爵。這位是莉莉安小姐。」

艾略特笑容滿面地說完，專程到門口迎接的青年報以微笑。年輕人有褪色般的枯草色金髮，以及一雙深褐色眼睛，年齡大約二十五歲。他笑容和善，嘴角卻有些扭曲，令人在意。

艾略特認為，這是最近不怎麼露出笑容的表現。

他剛要開口，莉莉安就輕快地走上前。

「一切安好，安迪・華勒斯先生！好久不見了。」

「也祝您一切安好，莉莉安小姐。很高興您能再訪。小姐還小的時候，經常被保母帶來玩呢。」

安迪彎下腰禮貌地行了一禮，向艾略特解釋道。

艾略特點點頭表示理解，看向四周。

「我懂她為什麼喜歡這裡了。這地方很美，像是有天使在飛舞。」

「哎呀……真不好意思。沒錯，她也總是這麼對我說。但是，其實這個地方有個非常可怕的傳說。」

安迪顯得有些害羞，艾略特向他微笑。

他很清楚安迪為何有此反應。這裡哪裡是浪漫，怎麼看都是適合發生幽靈怪談的所在。

藍天映照下的修道院，是一座混合羅馬式和哥德式的古老建築。由於規模太大，沒怎麼修整，曾經是玫瑰色的石頭全都染成了深黑色。綠色的草皮上，密密麻麻地插滿腐朽的老舊墓碑。要是四處都種滿柳樹，那即使是晴朗的大白天，也是氣氛滿分。

而且，艾略特還能看到。

拖著黑衣的修女隊列、橫穿隊列的可疑男人們、繼續管理現在已經沒有的葡萄架的女人、穿著最近流行的童裝的少年。

徘徊在周圍的新舊幽靈，數量多得有點嚇人。

這樣一來生者的身影就會變得模糊，艾略特一邊這麼想著，一邊爽朗地說：

「我最喜歡那些讓人毛骨悚然的傳說了。我在倫敦是個小有名氣的人物，大家都說我是個熱愛靈異現象和詛咒的怪人，請您務必跟我講講這座女子修道院的傳說。」

「什麼?您竟然連這裡原本是女子修道院都調查過了!」

安迪打從心底吃驚，艾略特卻只是笑眼彎彎。這麼多的幽靈修女，就算不願意也會注意到啊，艾略特心想，但他沒有單純到直接說出口。

「是這樣嗎?總而言之，我想要仔細地聽您說明，但是莉莉安小姐好像有點等不及了。莉莉安，妳怎麼了?」

艾略特和氣地問，莉莉安呵呵笑說：

「艾略特，你真懂少女心。我想趕快去那邊的廣場，那裡是我最喜歡的地方，有很多可愛的天使！」

「原來如此。華勒斯先生，沒關係嗎？」

艾略特問道，安迪回答「當然可以」。

「既然如此……」艾略特對如影隨形的柯尼耳語。

「你要保護好小姐。有什麼事就馬上叫我。」

「好的，艾略特先生。」

柯尼行了一禮，莉莉安高興得跳了起來。

「我多了一位漂亮的侍者！我們走吧，活著的小天使！」

莉莉安帶著柯尼和侍女興高采烈地跑去。目送她離開的安迪和艾略特，徐徐走向修道院。

「繼承這樣的建築，一定很辛苦吧？」

艾略特從無關痛癢的地方切入，安迪也緩緩開口：

「是祖父買下的。我的家族自古以來就是這一帶的地主，祖父迷上這裡的地點和建築，整頓好當時形同廢墟的建築後，便搬來了這裡。實際上這也是一座很棒的建築，但只有一個問題，那就是『進去時兩個人，出來時剩一人』的傳說。」

「『進去時兩個人，出來時剩一人』是嗎？」

「是的。我不知道它的由來，但它刻在中庭的石頭上。祖父完全不在意，可是實際住在這裡之後，我們家族的人結婚不久就會有一方死去，幾乎沒有例外。」

安迪像是要吐出來似的說著，一臉疲憊地仰望沉悶的修道院。

艾略特小心問道：

「原來如此……您說幾乎沒有例外，是指？」

「雙胞胎的姑姑結婚後不久，妹妹就去世了，大家都說是她代替了姑姑。」

「嗯。」

有意思。

艾略特把玩著手杖，在安迪的帶領下走過修道院的迴廊。安迪些微駝著背，一副意志消沈的樣子。

「我很想說我不迷信，但有這樣的前例，就算是我也會害怕，因此猶豫結婚也是當然的事。」

「您的訂婚對象一定很不安吧？」

「……您是從公爵那裡聽說我訂婚了嗎？」

安迪的臉頰微微泛紅，回頭看過來，艾略特對他溫和一笑。

「就像您說的那樣。而且，我也稍微問過莉莉安小姐，她知道詛咒的事，但似乎並不害怕。」

「這……我該說什麼好呢。莉莉安小姐真的是像天使一樣的人。」

儘管有些困惑，安迪的表情似乎開朗了一些。也許艾略特和莉莉安的來訪，本身也多少算是一種排解。

詛咒原本就是發自人的內心。

艾略特從周遊世界的父親和親戚收集來的詛咒用具以及故事中學到，詛咒就是「我要詛咒你」的惡意本身。知道別人對自己懷有惡意，人就會陷入消沉，過度消沉則會導致生病，那就是被詛咒的狀態。

在這樣的鄉下，住在這樣黑壓壓的房子裡，安迪肯定處於一個容易被詛咒的狀態。這麼大的建築，即使想賣掉也很難找到有人接手。不過光是泡在別墅，心情就會大不相同吧。

再來就看怎麼傳達了。艾略特一邊想著一邊抬起頭，猛地一僵。回過神來安迪和艾略特穿過了長長的迴廊，中庭正在眼前。

「這裡就是莉莉安小姐最喜歡的中庭。小姐，您那邊如何？」

安迪溫聲詢問，莉莉安開朗的笑聲迴盪在空氣中。

像是那聲音的回聲一般，無數的笑聲在周圍四散開來。

「心情真好！艾略特，快來這裡！這裡有很多天使！」

從空中灑下的陽光照耀在莉莉安的頭髮上，一閃一閃地散落於地。她每說一句話，每做一個動作，都惹得周圍發出「呀哈哈」、「啊哈哈」的笑聲，宛如湧來岸邊又退回的海浪。

艾略特瞪大眼睛站在原處。察覺到自己的狀態，他慢慢恢復笑容。他帶著開朗的社交用微笑，以優美的步伐走去。沒錯，不管看到什麼，幽靈男爵都必須優雅大方。

「——莉莉安小姐，這裡簡直就是天堂啊。」

他站在安迪旁邊，將透明球狀握把的手杖用力蹬在地上。

一個孩童幽靈，咯咯笑著滾到艾略特腳下。被黑色修道院包圍的四方形廣場中，孩童的幽靈正在相互推擠喧鬧。五六歲的幽靈們精神抖擻地在廣場的草坪上跑來跑去，兩三歲的幽靈被他們踢得四處翻滾，十歲左右的少女一臉茫然地抱著新生兒的幽靈，不停搖哄，幾個好不容易站起來的嬰兒幽靈，緊緊攀住她的腳。

莉莉安宛如女王似的坐在他們正中間。她在長著青苔的石頭上鋪上軟墊，攤開染成鮮豔紫色的禮服裙襬，帶著一臉厭倦的侍女和臉色蒼白的柯尼，面露微笑。

「是不是很棒？我就是想讓你看看這個。」

「嗯……」

艾略特這次終於說不出話來了。

他不知該說什麼才好。

迄今為止，他見過堆積如山的死者。在繼承爵位之前，他的青春如同穿梭於戰場，甚至曾特意參加戰爭，就為了看死者的臉。然而，這是他第一次看到這麼多的孩童死者聚集在一起。

年幼的孩子一派天真無邪，超過一定歲數的孩子則眼神無光。

不會有錯。

這些孩子們以前都是在這裡被殺死的。

「這對我來說就是一個很普通的中庭，不知她究竟看到了什麼？」

安迪好奇地說完，柯尼纖細的身體就搖晃起來。

「柯尼！」

話音剛落，艾略特就衝進中庭。孩子們慌慌張張地躲開艾略特，有的特意滾到他腳下咯咯發笑。艾略特毫不在意地踩過死者，緊緊抱住柯尼的身體。

「對不起，艾略特先生。這裡……」

少年用如同死者的臉色喃喃自語，艾略特將他的頭摟到自己胸前。

「沒關係，聽我的心跳聲。」

聽見艾略特的話，柯尼垂下長長的睫毛，徐徐吐了一口氣。

「好的。好……」

艾略特把他發冷的身體抱在厚實的胸膛裡，一動也不動，直到柯尼的身體稍微暖和一點為止。

「怎麼了？這些孩子不會做壞事，因為他們是天使。」

莉莉安用開朗到不合時宜的聲音說，艾略特卻沒有反應。

「他還好嗎？身體不舒服的話，馬上就送他到傭人房吧？」

安迪看了過來，明顯露出擔心的神色。

艾略特抱著柯尼，抬頭看了看安迪的臉，鮮明的藍色眼睛閃著光。

「先不提這個，這裡之前發生過什麼嗎？」

「之前？……您是說池子的事嗎？」

安迪顫抖著回答。艾略特重複道：

「這裡似乎曾經有一個池塘，對吧？」

「嗯，這怎麼了嗎？我記得是建這座修道院之前就有的池子，但是在祖父那一代填起來了。聽說老是很潮溼，一到夏天就有蟲子冒出來，很不衛生。」

艾略特明確地告訴不安的安迪。

「這樣的話，修道院時期的資料應該有寫下池塘的事。這麼大規模的修道院，圖書館的書應該還留著吧？請讓我看看。還有，您的未婚妻之所以不願意結婚，不只是因為詛咒的傳說吧？」

安迪的眼皮動了一下。他試圖反射性地移開視線，艾略特的眼力卻不允許。艾略特難得感覺自己熱血憤慨。

這是同情還是義憤，他自己也不太清楚。

可以確定的是，這座中庭是個荒謬的地方。

背負著這樣的東西，「看不見」的人肯定也會遭受影響。如果只是心情低落或是身體不舒服，那倒還好。對死者的聲音稍微敏感的人，被引誘去死也不奇怪。

這座修道院的詛咒，絕對不是單純的錯覺。

面對艾略特強烈的目光，安迪視線動搖，終於小聲說道：

「您說得沒錯。我一直儘量對客人保密，但這座修道院確實有什麼東西。而且一到晚上，就會瘋狂地……到處跑。」

◇

「你醒了？」

柔和的嗓音從距離非常近的地方傳來，柯尼不由得跳了起來。

「不好意思，我……睡著了嗎？」

柯尼慌忙環顧四周，艾略特用些許疲憊的笑容注視他。

「我們在馬車上。你倒在修道院的中庭後，在休息的傭人房裡失去意識。之後為了送莉莉安小姐回家，我先回了一趟公爵宅邸，本來也想把你安置在那裡……結果因為我的任性，又像這樣把你帶了過來。現在又在前往修道院的路上。」

「艾略特先生，您為什麼要這麼做？」

「是我不好。要一個人回到那座修道院，果然還是需要勇氣。」

艾略特一說，柯尼就皺起他美麗的臉龐。

「我不是說這個！我問的是從剛才到現在，艾略特先生都讓我睡在您腿上的理由。您為什麼要對一個人偶這麼做？要是被誰看到，會招來誤解。」

「啊，你說的是這個啊。就算把人偶放在腿上也不會被判死刑喔，身體感覺怎麼樣？」

艾略特若無其事地回答，柯尼蹙眉不語。他好幾次試著開口，結果什麼也沒說，不自在地重新坐直身體。

「……很抱歉，讓您看到我的不中用之處。我現在好多了。」

「可以回到修道院嗎？」

「就算不行，艾略特先生怎麼說，我就會怎麼做……您接下來打算怎麼辦？」

大概慢慢恢復精神了吧。聽見柯尼的疑問恢復成往常的語調，艾略特靜靜答道：

「你在修道院的傭人房休息的時候，我去了存放修道院時期資料的圖書館。這又是一個非常可怕的地方，不過那裡主事的修女幽靈非常理智。她說的是古老的舊式英語，好不容易才能和她對話。多虧如此，我才能拿到想要的資料。」

「是那座修道院發生的事情的資料吧？」

「不，在更之前。」

艾略特略帶諷刺地說，揭開馬車小窗的窗簾。染成紫紅色的陽光四四方方地照射進來，刺眼的光線使柯尼瞇起眼睛。

艾略特也稍微瞇著眼，卻沒有把目光從車外廣闊的荒野移開。

「『進去時兩個人，出來時剩一人』。這個謎題不用問誰，資料上都有記載。那座修道院流傳的詛咒傳說，就是這一帶自古的傳承，『用來丟棄雙胞胎其一的池子』。」

「……難怪。」

也許是艾略特的一番話讓他想通一切，柯尼嘆了口氣。

艾略特不想再多說，但若藏在心底不說出來，就無法解除詛咒。

彷彿跟上馬車帶有節奏的噪音，他娓娓道來：

「誕生於世的雙胞胎或三胞胎，他們的命運不是悲劇就是奇蹟。尤其是在居民普遍貧困的時代和土地，雙胞胎往往會被視作不祥之物，因為生雙胞胎很危險，光是多生一個發育期的孩子，其他勞動者就可能會餓死。那片土地在建修道院之前原本有一個大池塘，似乎是淤泥很深的池子。只要周圍的居民生下雙胞胎，就會把雙胞胎的其中一個丟進池子裡。」

「人類真是一點都沒變啊。」

柯尼淡淡地回道。他出生於倫敦東區，在馬戲團長大，看慣了各種不三不四的人。

這令艾略特很難過，他愣愣地笑著說：

「人類終究也是動物。起初有人為了安慰池中死去的孩子建立祠堂，最後變成修道院，又變成普通的地主宅邸。留下來延續記憶的池塘被人填埋起來，只剩下了詛咒的傳說。」

艾略特說完後，一陣沈默支配了周圍。

只有車輪聲喀噠喀噠響的空間裡，柯尼小聲說道：

「莉莉安小姐知道這件事嗎？」

「她還不知道。我查資料查到很晚，所以答應會告訴她事情的來龍去脈，就送她回去宅邸了。剩下的讓我們來吧，我不想讓她為了這種事情悲傷。」

「我明白了。」

柯尼隨即回答，接著又陷入沉默。

今天的他似乎在思考著什麼。剛收留他的時候真的就像一尊人偶，放棄了自主思考，現在與那時相比已經有很大的進步，但不會有像莉莉安那樣與生俱來的自信吧。

艾略特半下意識地開口道：

「……我其實也只想讓你看美麗的東西。」

「美麗的東西。」

「是啊。你從小就一直讓我們看到美麗的東西，自己則蜷縮在像雞籠一樣的屋子裡。你比誰都還要美麗，但你的美卻不屬於你，總是被人所消費。」

初次見面時，柯尼被一身華麗的衣服包裹著。緞面布料上縫著亮片，穿著馬戲團服裝的他，看起來就像一尊人偶。

人們在河邊的帳篷裡熱情地歡迎他，然後把他綁起來扔進鐵籠裡，沉入冰冷的水中。好多雙刺眼的目光，帶著微弱的期待看著他下沉，沒有人試圖救他。這是當然的，因為這是一場表演。

一場在安全的地方觀賞美麗事物的苦痛，精彩的表演。

艾略特試圖多說一些，柯尼就斷斷續續地說：

「人偶就是這樣的東西，艾略特先生。若我看起來美麗，那是因為創造我的人和艾略特先生，擁有一雙美麗的手和眼睛。我希望您能從最安全的距離觀看我的美，其實，是不能靠得這麼近的。」

「……你還不習慣嗎？」

艾略特輕聲問道。柯尼期望的是舞臺和觀眾之間的距離吧，因為他只懂得以那樣的距離與溫柔的人應對。

柯尼叨叨絮絮地繼續說：

「我想我一輩子都不會習慣……我說的一輩子，是指直到艾略特先生厭倦我為止。只要您厭倦我，我就會馬上死去。」

「我知道，柯尼．布朗。你是出生於泥濘中的天使。」

艾略特小聲地說。哪怕只是一點點也好，他也希望能傳達些什麼。

柯尼似乎發出微弱的呻吟。感覺到那雙充滿困惑的灰綠色眼睛正偷偷地往這邊看，艾略特笑了。

「嗯，我倒希望你早日厭倦我，那樣就能好好獨立了。到時做個大甜派來慶祝吧，還是說肉餡餅比較好？」

「請不要說可怕的話……先不說這個，您等一下回到修道院後打算怎麼辦？會好好使喚我吧？」

艾略特聳了聳肩，對央求般的柯尼開心說道：

「當然是那麼打算的。我們接下來就在修道院住下，從資料中可以看出，『進去時兩個人，出來時剩一人』指的是池塘，但也不能斷言這就是華勒斯一族結婚遇上困難的原因。也許有人被池裡死去的孩子們的聲音吸引，但這和結婚沒有直接關聯。我也很在意晚上在屋子裡跑來跑去的『東西』。」

「『東西』。果然不是活著的生物嗎？」

「但願是這樣。比起被活生生的猛獸攻擊，還是面對幽靈比較好。」

聊著聊著，馬車在修道院門前停下。

「您真的回來了，謝謝您。」

安迪手裡拿著油燈說道，他的表情看起來比白天還要認真。

至今為止，即使有人被修道院的傳說所吸引，也沒有人像艾略特那樣認真對待吧。

在他的帶領下，艾略特和柯尼再次進入修道院。兩人跟著安迪，朝偌大建築物的深處走去。

「這一帶是修道院中，在最古老的時期就建造好的。現在是叫騷靈現象嗎？有東西到處亂跑也是出現在古老的這一帶。我不覺得住起來舒適，但已經盡力準備了。」

艾略特往安迪招待的房內一瞧，心情愉快地搓搓手。

「不是挺好的嗎！哎呀，這樣就很足夠了，真有氣氛。柯尼，你看。臥鋪是壁龕式的，這裡一定是修道院時期的客房，還是修道院長，或接近修道院長的高僧住過的房間。」

「您能喜歡真是太好了。有什麼事的話，呼叫鈴還能用。只要叫我，我就會過去。」

安迪鬆了一口氣說。艾略特用道謝把他打發後，抬頭看了看床邊破舊的呼叫鈴拉繩。

「拉呼叫鈴來的不是傭人而是主人，想必傭人都被騷靈現象嚇壞了吧。」

「騷靈現象倒沒關係，但總覺得房間有點潮溼。我幫您在枕頭下面多放一些安眠用的香草吧？感覺空氣也不流通，很是令人介意，可能會二氧化碳過多。」

柯尼迅速地檢查一遍房間，略微皺眉。艾略特卻笑嘻嘻地回答：

「這裡沒有因二氧化碳中毒而死的幽靈，幫我放香草就好了。然後你先睡在床上吧，聽說那『東西』要等到半夜兩點多才會出來，我會在那之前把你叫起來。」

「艾略特先生，要是真的有童僕睡在主人的床鋪上，您會怎麼樣？」

「有的話我會覺得很幸福。但這裡好像沒有？」

「當然，詹姆斯先生也會生氣喔，史蒂文斯先生也是。」

柯尼一邊嘆氣，一邊幫艾略特把服裝換成方便活動的衣服。接著又整理床鋪，從女僕手中接過熱水袋，用毛毯裹好後放在安樂椅腳下等等，十分勤懇地工作。

艾略特暫且將一切交給柯尼，自己坐在安樂椅上翻閱從圖書館借來的資料書。在柯尼的操心下，夜晚的時光變得舒適起來，時間一轉眼就過了。

「——差不多了吧。」

看膩資料的艾略特拿出懷表，指針馬上就要到半夜兩點。

在安樂椅腳下打瞌睡的柯尼猛然抬起頭來。

「對不起，我睡著了。」

「這是作為人的證明啊。身體怎麼樣？身心健康的話，差不多該去參觀騷靈現象了。」

艾略特溫柔地催促柯尼，提著油燈開門。

「吱呀」一聲，油燈細細的燈光灑了出來。

走廊出乎意料地狹窄。這個時代的建築物石壁厚得嚇人，所以室內空間很有限。

艾略特望著呼出來的白色氣息，舉起油燈。古樸的燈光舔舐著窗戶，浮現出各色花朵的形狀。

「柯尼，你看，這附近開的花都是彩色玻璃。」

艾略特說著，將燈光照射在彩色玻璃上。不是宗教畫卻有如此精緻的工藝，真是一棟費錢的建築。盛開的波斯菊、水仙，還有玫瑰，格外大朵的白玫瑰讓人想起莉莉安小姐。

想必在不久的將來，莉莉安將會綻放得比任何人還燦爛。在那高貴的美麗中央，那雙眼睛將是最持久的光輝。有如尖刺一般閃耀的灰色眼眸。

艾略特回想起那股銳利，彩色玻璃上的玫瑰就睜開眼睛。

沒錯，玫瑰的正中央出現了人的眼睛。

布滿血絲的雙眼，有著藍色的虹膜。下面出現一張嘴唇，張開呈現O形。

「嗚、嗚哇啊啊啊——！」

一聲淒厲的慘叫響起，艾略特一個踉蹌。

「艾略特先生！」

柯尼查覺有異，拉過艾略特的手臂。

艾略特後退一兩步，把手擋在胸前。與此同時，浮現在彩色玻璃窗上的人臉變得越來越突出，沒多久就變成成年男人的模樣，從窗戶降下。他身上的衣服大概是一百年前的東西，因太過樸素，無法確定，就像是故意喬裝成沒有個性的樣子。

其他關於這名男人的了解，就是他的眼睛充滿恐懼，嘴巴一直發出異樣的叫聲，手上握著一把農事用的巨大柴刀。

「哇，你拿著很危險的東西啊。是有一隻大蜘蛛嗎？還是青蛙？」

艾略特臉色蒼白地笑了笑。這是因為，無論對方是生者還是死者，只要採取極其坦然的態度，大多能讓對方冷靜下來。但這個男人並沒有。

「啊啊啊啊啊——！」

他驚恐的眼中帶著殺意，對艾略特揮舞柴刀。

彩色玻璃窗匡啷匡啷地震動，油燈燈火搖曳，似乎就要熄滅。艾略特見狀放棄了勸說。

「退下！」

柯尼尖聲喊道。他很少和幽靈直接交手，但從少年時期就學會該怎麼做了。

艾略特集中意識，在腦海中描繪一把劍。那把劍閃耀著銀光，劍上刻有聖經經文。現在，正掌握在自己手中。

沒錯，這雙手握的不是手杖，而是劍——破魔之劍。

清楚想像出劍的形狀後，艾略特用拔劍的動作舉起手杖。幽靈的柴刀無情地朝手杖揮下，發出「喀」的一聲幻覺的聲響，被彈得老遠。

「！」

男人的幽靈睜大雙眼。空洞的目光裡，透露出粗獷的恐懼。

緊接著，艾略特的側臉吹來一陣腥臭的風。

艾略特握著手杖，看向左手邊。黑暗中只有一條走廊——不。

在那黑暗的深處，有一抹小指甲大小的白色。

「……呀啊啊啊啊啊啊啊！」

艾略特還在想震耳欲聾的叫聲是不是那抹白色發出的，白點就越來越大，逐漸逼近。當他注意到這又是一張嘴巴張成O形的女人的臉，拖著一身黑衣的女幽靈就現出全身。她氣勢洶洶地和男人的幽靈重疊在一起，拉起他的手，捲起一陣風穿過走廊。

艾略特調整呼吸目送他們離開，臉色發白的柯尼死死揪住他。

「艾略特先生，您沒事吧！我也……我也看到了……」

「沒事，讓你害怕了。」

艾略特抱著柯尼的肩膀喃喃自語，繼續注視著幽靈們跑去的方向。幽靈所到之處都會颳起一陣腥臭的風，所以無論是誰都能聽見迴盪於走廊的慘叫聲，也能看出窗戶玻璃的顫動。

聽見什麼東西破碎的聲音，艾略特低聲說道：

「還好心之劍對他有效。我們去追他，柯尼。」

「……好的。」

一般情況下，少年應該會嚇得渾身發抖，但他卻堅強地點了點頭。只要是艾略特在的地方，即便是地獄的深處，他也會從容地跟過來吧。艾略特一如既往，與其恐懼，反倒感受到一股強烈的興趣和責任感。

正因為「看得見」，所以必須去看。就是那樣的責任感。

艾略特和柯尼立刻追在兩個幽靈身後。他們穿過風聲呼嘯的走廊，越過倒在地上的全身盔甲，跑下只能通過一人的狹窄螺旋梯，推開沉重的鐵門，終於來到熟悉的迴廊。

「是中庭。」

艾略特低聲說道，顫抖著躲進圓柱的陰影裡。冷得像是被擰進冰窖的中央，艾略特用凍僵的雙手重新握住手杖，觀察中庭的情況。被迴廊環繞的中庭，就是資料上所述的地方。這裡曾有一片池塘，用來捨棄雙胞胎其中之一。

柯尼似乎一點都不覺得冷，他候在艾略特身旁，用略帶沙啞的聲音微弱地說：

「艾略特先生，是不是只有我……看不到中庭？反而看到……」

「……嗯，我也看到了。是池塘。」

艾略特用低沉悅耳的嗓音回道。

展現在他們眼前的，是與白天完全不同的景象。

月光照進四方形的庭院裡，照出一片黏糊糊的黑水。一潭死水，毫無波瀾。周圍長滿高大的蘆葦，而不是草坪。看似流淌著煤焦油的池塘，邊緣突出一塊很有特色的大石頭。

現在它已經被埋入土中，應該只有頂端露出地表。石上刻著「進去時兩個人，出來時剩一人」的文字。

池水表面偶爾會吐出泡泡，當泡泡破滅時，孩子們「啊哈哈」的笑聲就斷斷續續地隨之響起。與此同時，在修道院內跑來跑去的兩個幽靈出現在池塘前。他們發出淒慘的悲鳴，做出相互纏鬥般的動作，緩緩沉入池中。

慘叫聲和孩子們的笑聲夾雜在一起，以驚人的氣勢增長後，又都逐漸消散。慢慢、慢慢地變小，悄然消失。

柯尼不由自主地呼了口氣。

「……是殉情吧。自殺的人沒被好好憑弔，成了幽靈……」

「柯尼，還沒有結束。」

幾乎在艾略特厲聲告知的同時，池中突然浮現一道身影。

柯尼不由得屏住呼吸，睜大眼睛。

出現的不是剛才的男女──而是拖著黑袍的女人。女人嘴裡呢喃著什麼，回到迴廊便張大了嘴。

伴隨著刺耳的慘叫聲，再次跑了出去。

艾略特在小龍捲風般的狂風中護著帽子，柯尼不自覺地緊緊抓住艾略特的手臂。

「……是殉情失敗、嗎？」

幽靈消失後，柯尼急忙放開艾略特的手臂問道。艾略特思索片刻，撫著自己輪廓優美的下巴喃喃自語：

「對了……我們來試著挖一下吧。」

◇

「所以？從池塘裡挖出來的是什麼？從前一對戀人的骨頭？」

坐在光線明亮的窗邊，莉莉安興致勃勃地拋出疑問。

留宿在修道院的兩天後，艾略特一行人來到公爵府邸。停留在公爵府邸的貴族們，對艾略特的中途離開半是惋惜，半是感到有趣。艾略特還年輕，肯定有傳言說他是莉莉安的未婚夫，但現在不是談論這些的時候。

書房裡擺滿高到天花板的貴重書籍，艾略特苦笑著說：

「我本不該告訴妳這麼可怕的事情，但光靠我們沒有辦法解決。如果妳覺得不舒服，請馬上告訴我。」

「放心吧，我的束腰還沒那麼緊。而且我們不是朋友嗎？朋友的拜託得放在心上啊。」

眼裡閃著光彩的莉莉安說道。經歷了那一夜，看來更加耀眼。艾略特感覺自己臉上的僵硬終於自然而然地消失，他重新握緊放有聖髑的手杖。

「妳是我在這世界上最有力的朋友，莉莉安小姐。是的……確認幽靈的怪異之處後，我和修道院的僕役一起挖了院子，但沒有找到屍骨。一個也沒有。」

「哦？小天使們的骨頭和惡作劇天使的骨頭都沒有？是不是那個時候已經被人從池子裡撈起來，好好埋葬了？」

看著莉莉安可愛地歪著頭，艾略特緩緩說道：

「不，有正式埋葬的人不會變成那樣的幽靈。而且，雖然沒有屍骨，卻找到了人皮。大約是一百八十年前的皮，正好兩人份。」

「皮……一百八十年前的人皮？」

少女的語調完全拉高，但對這個內容的反應卻出乎意料的平靜。艾略特稍微鬆了口氣，點點頭。

「是啊，乍看之下是一個皺巴巴的革囊，可是毫無疑問，是人皮，我在畸形秀有看過類似的東西。如果讓妳感到害怕，我很抱歉，這是科學可以證明的。有一種泥巴可以快速融化生物的骨頭和肉體，只將皮膚幾乎完整地保留下來。從那座修道院中庭挖出來的皮，乾淨到連頭髮都有留下來。一對男女，兩個人手牽著手。」

「好棒……這真是……太浪漫了。」

「……浪漫？」

艾略特忍不住反問，但莉莉安非常認真。

「是啊。兩個人相愛至死，就算過了一百八十年還是牽著彼此的手不是嗎？真是太浪漫了！」

莉莉安的反應出人意料，不知該鬆一口氣，還是該皺起眉頭。

保守的男人會皺眉，但艾略特不同。

他琢磨著說：

「確實也能這樣想。但為什麼只有女性幽靈從池子裡逃出來呢？慎重起見，隔天晚上我也在旁盯著，但幽靈的行動完全一樣。既然男性幽靈會朝活著的我砍來，說不定是詛咒華勒斯一族的婚姻，再藉由騷靈現象殺人。可是，我不明白為什麼要做到這個地步。」

「啊，就這樣？」

莉莉安回應得輕描淡寫，艾略特驚訝地抬起頭。

「就這樣？身為幽靈男爵，我有點想舉手投降了。」

莉莉安目不轉睛地盯著他毫無防備的臉，咯咯發笑。

「你有時候看起來真像個小男孩，艾略特！那樣一定是有兩個女人呀。」

「兩個、女人？」

即使像鸚鵡學語一般複述，艾略特的腦子還是一片空白。

有兩個女人是什麼意思？

他看到的是一男一女的幽靈，還有兩張從池塘遺址挖出來的皮。幽靈可能會像影子一樣重疊，但只要身形不同馬上就能察覺，艾略特的眼力很好。在他好奇的目光前，莉莉安平靜地繼續說道：

「是啊，不是兩個女人爭奪一位男性嗎？一定是兩個人都想和他一起成為天使呀。一個成功了，另一個失敗。對這件事懷恨在心的另一個人，決定下次一定要和自己心愛的男性在一起！因此拚了命，不就是這樣嗎？所以才不允許別人幸福地結婚，華勒斯一族的新娘也被詛咒殺死，還真的是『進去時兩個人，出來時剩一人』呢。」

「進去時兩個人，出來時剩一人」。

將雙胞胎之一丟棄在那個池子裡的傳統。

艾略特在嘴裡重複著這句話時，感覺自己的大腦彷彿有電流流過。柯尼在宅邸花園裡說的話，浮現於腦中。

——有兩隻同樣的小鳥的話。

在馬戲團表演的魔術中，最受歡迎的是人體切割的特技。在一些使用人體的大型魔術秀中，雙胞胎特別能派上用場——

「莉莉安小姐！」

「怎麼了？呀啊！」

艾略特抱起微笑的她，像小孩子一樣轉了個圈才放下。他興高采烈地說：

「雙胞胎，是雙胞胎！原來是這樣，我把它給忘了。那片池塘，不，是那片池塘裡的天使在呼喚雙胞胎！」

◇

「那個……我不是在懷疑您，但這樣真的能解開詛咒嗎？」

安迪委婉地問，艾略特答得乾脆。

「嗯，這樣應該就能消除籠罩這棟房子的詛咒。」

「是嗎？」

安迪還是一副不安的樣子，將手搭在他手臂上的女人目光卻很堅定。修女打扮的她，是安迪的未婚妻。

艾略特和莉莉安談話的幾天之後。春天的傍晚，溼潤的草皮散發出清香，演員們齊聚於受詛咒的修道院。

也就是安迪和未婚妻、艾略特和柯尼。此外，負責這一帶的教會司祭也來到艾略特留宿過的房間會合。

司祭滿臉皺紋，溫和說道：

「我只能說要堅定信仰，但對於這座修道院曾經發生的事情，還有無辜的孩子們，我都不能視而不見。」

實際上他大概只是無法拒絕公爵的請求，但這也無妨。真正的神職人員舉辦的葬禮，對這個國家的幽靈最有效。艾略特盡可能溫和地笑了笑。

「謝謝您，司祭大人。關於這裡還是修道院時發生的殉情事件，沒有留下任何資料，所以接下來說的，大部分都是我的想像……」

以此為開場白，艾略特揭開自己的記憶。

殉情事件的相關資料其實是有留存的。

只存在於一名幽靈修女的記憶中。她是修道院圖書館的管理員。

艾略特把莉莉安的想像告訴幽靈修女。在他的追問下，幽靈修女用看似妥協，又有點高興的表情斷斷續續說道：

「我不能直接講是哪一戶人家。有一對女雙胞胎，出生在有一定地位的人家裡。兩人有著相同的臉龐、相同的喜好和戀愛對象，只是姐姐有些古怪，無論什麼事情都鑽牛角尖、一心一意，只要是阻礙的東西，不管是誰都會除掉，天生就是如此。她的父母不知如何應付，於是把她送進這座修道院。如您所知，修道院是一個非常方便的地方，可以讓良家子女在此生活直到結婚，或者軟禁到死亡為止……」

照這樣下去，這個故事就會以一個性格天生有些極端的女人的悲劇收場，但這位姐姐十分機靈，大膽地實現了自己的願望。

要是進去修道院，喜歡的男人就會被妹妹搶走。不可能任其發生的姐姐，把自己以防萬一種的毒草摻入妹妹的飲料裡。妹妹因此變得狂暴，她則趁機和妹妹調換身分。

恢復神智的妹妹拚命澄清「自己才是妹妹」，卻因為姐姐的演技太過完美，周圍的人很快就把妹妹送進了修道院。

如此一來，對姐姐來說，這個世界將會迎來春天吧。姐姐試圖和心愛的男人在一起，但也許是愛的緣故，男人很快就意識到姐姐和妹妹調換了。

「……那個男人後來怎麼樣了？」

安迪的未婚妻上前詢問。

艾略特對修女裝扮的她露出優雅的微笑，繼續說：

「他毫不留情地拋棄了姐姐，然後為了救妹妹前去修道院。」

「太好了……那妹妹得救了，對吧？」

安迪不安地看著鬆了一口氣的未婚妻。

他知道有幽靈在這棟房子裡跑來跑去，不難預料這個故事並不會以可喜可賀作為結束。

艾略特坐在椅子上，雙手疊在手杖握把上說話。

「不過，姐姐的動作要更快一些。她頂著和妹妹同樣的一張臉，早一步進了修道院……殺死妹妹，丟進那片池子裡。」

「竟有這種事！」

眼見未婚妻的臉色逐漸鐵青，安迪緊緊按住她的肩膀。

司祭輕輕嘆了口氣，用手比劃十字。艾略特決定讓自己的聲音聽起來更加平靜，以安撫眾人。

「晚一步到達的男人知道真相，悲痛欲絕，也跳進池子自殺了。失去一切的姐姐在那之後徹底癲狂，到死都生活在修道院……從周邊記錄來看，我想《三人幽靈故事》應該就是指這件事。」

「……那麼，您看到的『逃竄情侶』，其實是逃跑的妹妹與戀人的男人，以及想取代妹妹，而與妹妹重疊在一起、到處亂跑的姐姐，這三個幽靈嗎……？」

安迪的語氣仍是半信半疑，艾略特輕輕點頭。

「沒錯。妹妹與男人的幽靈，在進入池塘的時候就消失了。離開池塘的，是留下來的幽靈姐姐。給這個家帶來不幸的，恐怕也是她。」

「呃，可是，真的是這樣嗎……？我不是懷疑您，但這未免也太離奇了。而且，我們接下來要做的鬧劇可以改變什麼嗎？」

安迪突然亂了套，小聲說著。

艾略特想安慰他，但他的未婚妻很快就握住他的手。

「試試看不是很好嗎？如果能和你一起生活，我什麼都願意做。」

「……妳說的對。嗯，沒錯。不管做什麼，總比什麼都不做好。」

安迪握緊她的手，似乎在拚命地說給自已聽。艾略特凝視著兩人，在腦中重複莉安之前說過的話。

「我想，讓他們兩個留在這裡，還有阻撓這棟房子裡的情侶得到幸福的人，都是姐姐。假如姐姐放他們走，那妹妹和戀人當然會去死者的國度。因為對人類來說，那是最幸福的事呀。」

莉莉安毫不猶豫地說。

艾略特至今尚不認為，在死後前往死者國度是人類最幸福的事情。雖不認為，但他現在想用莉莉安的想法賭一把。

「艾略特先生。」

柯尼收回放在懷表上的目光，輕聲說道。

艾略特點點頭，優雅起身。

「好了——時間差不多了，請各位移駕走廊。」

艾略特打開門，像是在邀請他們共進晚餐。

他彷彿聽見安迪和未婚妻吞口水的聲音。連站在身後的司祭，也看得出是將不安掩藏在市儈老練之下。

眾人陸續走入走廊，走廊就吹起一陣溫熱的風。

一陣黏稠的風，有如吹過積滿淤泥的古老池塘上方——

「嗚哇啊啊啊——！」

「咿呀啊啊啊啊——！」

一對男女的慘叫聲震動了周圍的空氣，彩色玻璃窗也猛烈顫動。

未婚妻瑟瑟發抖，安迪摟住她的肩膀。司祭神色緊張四下張望。面臨這種情況，只有柯尼和艾略特準確地看到從彩色玻璃窗緩緩現身的男人，以及從走廊深處跑過來的女人。

「嗚啊啊啊——不要……不要阻礙我——！」

艾略特斜眼看著男人一邊大叫一邊揮動柴刀，向司祭打了招呼。

「司祭大人，能過來一下嗎？」

「無妨。你看到幽靈了嗎？」

看著一臉平靜的司祭頭上落下一把柴刀，艾略特露出微笑。

「是的。」

柴刀從司祭的頭上穿過，撞在十字架吊墜上，突然停止動作。真是靈驗啊，活在宗教力量強大時代的幽靈，倒是容易對付。

就在艾略特暗自思索之後，風中出現一個修女的鬼魂。

「好了，兩位快趁現在過來這裡……用跑的！」

聽從艾略特的聲音，安迪和他的未婚妻站在走廊中央。和幽靈情侶完全重疊的瞬間，兩人開始奔跑起來。沒錯，一對幽靈情侶，和活著的情侶並無二致地跑著。

艾略特迅速追上他們，不停說道：

「前面是樓梯，小心……下去之後有一道門。有點慢了，快點！」

突如其來的劇烈運動，讓安迪的未婚妻有些踉蹌。儘管如此，她還是憑著意志力重新站穩，拚命跟著安迪一起跑。

「就快到了，再加把勁……啊，就是這個走廊！前面就是池塘！」

一行人終於平安到達曾經是池塘的中庭。

然而中庭卻與往常有些不同。有一把長梯被架在那裡，通向走廊上方的屋頂。

「上得去嗎？」

艾略特問道。安迪喘著粗氣點點頭，催促未婚妻跟上。

「都來到這裡，只能上了……走吧，再堅持一下。」

「好的，我一直相信你會來。」

「……咦？」

安迪一臉驚訝地盯著未婚妻的臉。站在那裡的，當然是他心愛的未婚妻，但是不知為何氣氛和剛才不太一樣。

本應凌亂的氣息已完全平復，蒼白的月光襯托出一股悲壯的虛幻之美。他的未婚妻，應該是氣色更加健康的人才對……

安迪大概是這麼想的。艾略特則看到別的東西。

「柯尼，看得見嗎？」

「很模糊，但我想我看得出來。兩個人，變成了三個。」

柯尼盯著中庭小聲說。在他視線的前方，跑過來的時候看起來只有兩個人的幽靈正在迅速地分開，簡直就像變魔術一樣。

一男一女分別和安迪及他的未婚妻重疊在一起，手牽著手。兩人熱淚盈眶地互望，幫著對方爬上梯子。如同生前想做的那樣，朝著池外、修道院外面走去。

獨留下來的女人，一個人呆然佇立於池邊。

「怎麼這樣……為什麼？告訴我……為什麼？」

艾略特緩緩湊向喃喃自語的女幽靈。

「一切安好，小姐。」

「為什麼？為什麼？為什麼？為什麼？為什麼啊！我才不會讓這種事發生，我不允許，不允許！」

她大叫著要爬上梯子，艾略特立刻抱住她的腰。

他的手流暢地環住她的腰，然而對方一看到艾略特的臉，情況就發生變化。艾略特的手臂感受到抱著活人般的觸感，女幽靈一臉扭曲憤怒地瞪著他。

原來一個人的臉可以變得這麼難看，艾略特心想，但他不退縮。因為他早就知道，人類原本就不美麗。

家人死後，不管是寄養的親戚家和學校，還是戰場，他在各個地方看到的景色都絕稱不上美麗。不過，即便如此，人生的盡頭仍有一段通往死亡的安穩旅程，安穩的沉睡。艾略特想相信這一點。

所以即便在這種時候，他也笑得很美。

「美麗的小姐，請看著我吧。我沒辦法專屬於妳，但我今晚只會想著妳。」

他甜蜜地輕聲細語，試圖將自己的嘴唇貼上那雙扭曲的唇。

他那毫不畏懼的舉止，讓女人睜大眼睛。布滿血絲的雙眼稍微恢復成人類的神色，充滿複雜的感情。

她很痛苦吧。很後悔吧。很氣憤吧。她也許只是愛著他而已，只是比任何人都強烈、比任何人都還要凶猛地愛著。

就在艾略特的嘴唇快要碰到她的時候，女人的唇微微一顫……忽然大口張開。

「不是我一個人的東西還有什麼意義！給我滾開，臭男人！」

幽靈大叫的同時，艾略特感受到一股像被鈍器擊中腦袋的疼痛，他微微皺起眉頭。女幽靈本以為艾略特會繼續糾纏，沒想到他連忙鬆開手臂拉開距離。

「妳果然會這麼想嗎？真是專情的小姐。不過，還是露出破綻了吧？」

艾略特略帶調侃地說，女幽靈怒道：

「你在胡說什麼，混帳男人，你、你這個，這個……什麼？」

女人似乎還想繼續出言詛咒，卻突然意識到自己的腳無法動彈。她凶神惡煞地低頭一看，只見腳下滿是孩童幽靈。沒錯，是在她之前就一直待在這裡的鬼魂。

不管是只會哭鬧的幼童，還是扶著東西站立的孩子，抑或是滿臉疲憊的少年少女，大家都緊緊攀著她，此起彼落地呼喚。

「大姐姐，過來這裡。」

「妳也是雙胞胎吧？另外一個人離開了對吧？」

「那妳就留在這裡吧？在這裡，大家都能開開心心的。」

「住手，住手，我和你們不一樣，我有喜歡的男人！停，不要，放開我……！」

女幽靈想抽身，孩子們的幽靈卻一個接一個地大量撲過來。趁她動彈不得，艾略特轉過身來。

「那麼司祭大人，能請您為死者獻上祈禱嗎？」

「您希望的話就這麼辦吧。畢竟那是我的職責。」

司祭慢悠悠地跟在後面，舒了一口氣。他以什麼都看不見的人類特有的表情苦笑，平靜地吟唱起祈禱文。

為了讓這片池子裡的所有死者都踏上旅程。

◇

至此，圍繞著修道院詛咒的故事就結束了。從今以後，只會有無聊的鄉下地主們的日常生活。老實說，艾略特很難判斷它是否比詛咒更有趣。

莉莉安似乎也同意艾略特的觀點。

「那麼，那裡一個天使也沒有了嗎？」

「是呀，莉莉安小姐。覺得可惜嗎？」

艾略特坐在鄉間宅邸花園的地毯上問道，正在摘花的莉莉安稍微陷入沉思。

安迪和未婚妻上演大逃亡劇碼的後天。地毯上還準備了銀色托盤，一套和庭院裡盛開的花朵相互呼應的華麗茶具，還有熱呼呼的吐司、餅乾、烤麵餅，華麗的一整套下午茶。

今天也是奇蹟般的晴天。

「可惜是可惜……這麼一來，那裡的詛咒就消失了對吧？」

「是的，理應如此。他們兩個好像很高興，正在討論婚禮的日程呢。」

「那就這樣吧，因為安迪是我重要的朋友。」

莉莉安捧著一大籃鮮花坐在艾略特身邊，語氣乾脆地說。艾略特以一種為人父母般的心情，看著她埋頭編起花朵。

「妳可以交到很多很棒的朋友。當然，是活生生的朋友。」

「不是活著的就不行嗎？活著的人，一下子就會變醜……」

莉莉安皺起小小的眉頭，盯著從花裡爬出來的小蟲子。艾略特從旁邊伸出手，輕輕將蟲子放回地面。

「總有一天，妳會覺得醜陋也很有意思的。我敢保證。」

「那麼，艾略特。」

聽見莉莉安語氣生硬地呼喚自己的名字，艾略特抬起頭。

一頂花冠輕輕地放在他頭上。

以藍天為背景，莉莉安笑得十分燦爛。艾略特瞇起眼睛。

「在那一天到來以前，請你繼續當我的朋友吧。你活著也非常漂亮！」

「好……我答應妳。只要妳願意，我們一直都是朋友。」

眼前的景色過於美麗，艾略特有些發愣地說。

莉莉安發出銀鈴般的笑聲，翻飛著禮服跳了起來。

「太好了太好了！無論發生什麼事，我都不想失去朋友。如果我變成被囚禁的公主，你一定要來救我出去喔！」

面對這孩子氣的要求，艾略特笑著站了起來。

也許會被她未來的丈夫責備，但她需要一個「看得見」的朋友。這個想法，比干涉修道院事件之前還要更加強烈。

他單膝跪在少女面前，用略帶認真的口吻輕聲說道：

「我發誓，無論何時，我的靈魂都會與妳同在。當妳遇到困難時，請隨意呼喚『幽靈騎士』艾略特。」

「哇，幽靈騎士！那你要小心別弄丟了頭，因為你的臉非常漂亮。」

莉莉安開朗地說，以年幼莎樂美的表情笑了。

4 患病者與治癒之手

「艾略特！我親愛的小紳士！」

「亞莉珊卓！我親愛的冒險家！」

兩人發出孩子般的歡呼聲，成年的紳士淑女抱著彼此轉圈圈，而且還是在鄉間宅邸氣派的玄關大廳，這景象恐怕是難得一見。

證據就是，連幽靈管家詹姆斯也特意從柱子後面探出頭來，悄聲忠告：

「亞莉珊卓小姐，這是不是有點不像樣？」

不過，艾略特並不在意這些。比起常識和禮儀，他更想將一切都交給沸騰的心，他現在就是這樣的心情。

他用其他人都不曾見過的悲傷表情，低頭看向緊抱在懷中女性的臉。

「好久不見了，讓我好好看看妳。詹姆斯正在抱怨呢，因為我們老是像個小孩子。」

相對的，亞莉珊卓毫不在意紮好的棕髮跑出了一些凌亂碎髮，用帶著犀利的美貌笑著說：

「哎呀，你還是『看得見』啊。詹姆斯，一切安好。」

「我的名字叫史蒂文斯，小姐。」

「活」在亞莉珊卓眼前的管家史蒂文斯回答道。幽靈管家詹姆斯站在斜後方微笑著。

「我知道呀！哎呦，這骨頭真壯觀。」

亞莉珊卓乾脆地說完，就立刻放開艾略特，走向裝飾在大廳的恐龍骨骼標本。

這裡是艾略特位於科茲窩的鄉間宅邸。英國貴族在貴族院召開議會的季節以外，都習慣回到領地的鄉間宅邸，享受狩獵或釣魚等社交活動。

古老男爵家族傳承下來的宅邸是氣派的巴洛克式建築，樓梯從左右兩側匯合至挑高的玄關大廳。大理石地板上裝飾著大大的家徽，而視線自然所及的中央，偏偏有一具骨頭。

史蒂文斯抬頭望著骨頭，臉上明顯流露出不滿。詹姆斯大概是年歲已高，見多識廣，只是一臉平靜。

「聯排別墅放不下才擺在這裡的。我想這應該比鹿頭標本的壁掛更有意思，但是褒貶不一。」

「我喜歡。」

艾略特才剛說明，亞莉珊卓便立刻答道。

他頓時臉上發亮，再次擁抱亞莉珊卓。

「我就知道妳會這麼說！這異國的香氣……妳是從埃及回來的？」

「是東印度！我去一座被森林吞沒的神殿探險，途中還掉進井裡，唉，我有一堆話想要說。總之，我有點渴了。」

亞莉珊卓笑著說，艾略特立刻回頭看向管家。

「史蒂文斯，快去準備茶，讓柯尼端來書房。」

「不用那麼急呀，我又不會逃走。」

亞莉珊卓噗哧一笑，艾略特為難地垂下眉尾。

這個人從以前就是這樣。她是親戚當中與艾略特最談得來的，也很崇拜艾略特的父親。於是就這樣憧憬著，沒有結婚，每一天都在冒險旅程中度過。

「不趕快聽妳說下去，我都要瘋了。」

「哎呦，沒什麼大不了的啦。就是那口井其實是一個祕密通道，發生很多事，還賣了荷蘭人人情。」

「聽起來就是一件大事。來吧，請進這間名為書房的藏寶閣！」

艾略特邀著亞莉珊卓，興沖沖地走向書房。倫敦聯排別墅的書房也是一個趣味盎然的空間，卻不比規格逼近一間博物館的鄉間宅邸。亞莉珊卓出神地盯著牆邊架子上一字排開的珍稀動物骨骼。

「你真有品味耶，艾略特。這鯨魚骨頭是從哪裡弄來的？」

「我馬上去查，不過我更在意井裡到底發生了什麼。」

「對了對了，祕密通道的另一邊有人魚……」

亞莉珊卓說到這裡，柯尼便端來了茶。

她大力眨著眼睛，彷彿要眨出聲音。

「這孩子好可愛！他是活的嗎？」

「不是。」

柯尼立即回答，他在窗邊一張以巨大陸龜擺飾撐起的圓桌上準備茶水。亞莉珊卓一臉納悶地抬頭看向艾略特，艾略特面露苦笑。

「這裡面有很多原因，先繼續剛才的話題……」

說到這裡，這回史蒂文斯敲了敲門。

「老爺，有客人。」

時機真糟糕。乾脆讓他等一會吧？艾略特心想。見他皺眉，亞莉珊卓顯得有些慌張。

「抱歉，你跟人有約嗎？」

「反正一定是維克多，能讓他進來嗎？」

「哎呀！當然啦，我好久沒看到他了。」

一聽見維克多的名字，亞莉珊卓藍綠色的眼眸就漾起光芒。瞳色和艾略特略有不同，但給人的印象十分相似，也許容貌本身就相當近似。

以女性來說有點過高的身高，修長的手腳，細長的眼睛，清爽的臉龐。假如女扮男裝，一時之間甚至會分辨不出和艾略特有什麼不同。

不知是不是這個原因，她的興趣似乎和艾略特也很相似。全家族都認識的維克多，經常被野丫頭亞莉珊卓當成手下帶在身邊。當亞莉珊卓因愛犬離世，陷入消沉時，維克多也曾悄悄安慰過她。

「艾略特，你真的對拜倫家的小姐做了無禮的事嗎？」

打斷艾略特的回憶，維克多拉開雙開門登場。艾略特勉強擠出滿面笑容。

「怎麼突然說這種不好聽的話？一切安好？」

「你才安好！噢……嗨，打擾你們了。這位是？」

許久未見，維克多沒認出亞莉珊卓。亞莉珊卓對困惑的維克多張開雙臂，露出燦爛的微笑。

「我是亞莉珊卓呀，艾略特的堂姐！可別說你忘了。」

「亞莉珊卓！在復活節聚會爬上後面那棵大樹的那個？」

「池塘裡還漂著我自己做的小船呢。你看起來很有精神呀，維克多！」

兩人有禮貌地輕輕相擁，終於移動到窗邊。曾經光照不足的宅邸經過代代改裝，現在窗戶比艾略特的身高還高出兩倍左右。今天是英國特有的陰天，但窗邊還是很明亮。

「託妳的福，除了面對朋友的調皮搗蛋、議員活動、應對父親的朋友，還有尋找將來的新娘以外，我一點都不費心，活力充沛。」

在勸誘之下，維克多坐在上半身向後突出的犀牛形狀椅子上。先一步坐在大象椅子上的亞莉珊卓發出小小的驚叫。

「這不全都是勞心勞力嗎，真可憐！艾略特，你真的對拜倫家的小姐做了不該做的事情嗎？」

「這個嘛，你們說呢？」

艾略特瞥了一眼身旁，不知何時站在身後的詹姆斯在他耳邊低語：

「您一次都沒有和她出席過同一場聚會。她是剛踏入社交界的大小姐，恐怕只是因為艾略特先生的傳聞，心裡有一些夢想吧。」

「……她應該才剛踏入社交界。對這種涉世未深的小姐來說，我就是一劑猛藥，她周圍的人肯定都在防著我。」

艾略特若無其事地複述詹姆斯的話，維克多抬眼問道：

「你們見過面吧？」

「沒見過啊。」

「你說什麼？」

被朋友目瞪口呆的表情逗笑，艾略特笑著回答：

「一次也沒見過，而且我也不想結婚，追求自由的男人絕對不會碰這樣的小姐。」

「艾略特……你這傢伙，真是無恥啊！」

「沒出手也算無恥嗎？亞莉珊卓，這世道真難啊。」

在如今這個社會，還能保有如此純真的友人很是令人欣賞，艾略特如此想著，對亞莉珊卓說道。她擺出一副奇妙的表情回應。

「好像不管到哪裡都很難呢，艾略特。野生動物也會因嫉妒自相殘殺、沉溺於同性戀，什麼都有。你要看我最新畫的素描嗎？」

「絕對要看！」

在情緒高漲的兩人面前，維克多發出完全不搭調的聲音。

「等等！請等一下，野生動物裡有同性戀……？自然世界裡不可能會有那麼不自然的東西吧，這太荒謬了！」

「維克多，冷靜點。我不是一年到頭都在跟你說，人只會看自己想看的……」

艾略特試圖安撫他，維克多卻繃起那張天生穩重的臉，極力主張。無論如何，他都象徵著這個時代的常識。

「我才不聽你那套！你就是這樣能言善道，一直以來每件事都被你蒙混過關，今天可不讓你如意。拜倫家小姐的事情，如果只是不實傳聞，那就好好否認。你就是這樣，才沒有正經的結婚對象會靠近你。這對別人家的小姐也是一種困擾吧！」

自己本來就沒有在追求適切的結婚對象，到底要說多少次才明白呢。斟酌用詞的艾略特陷入沉默，亞莉珊卓代替他乾脆地說：

「哎呀，可是說得太清楚也可能會給對方添麻煩喔。大概是拜倫家的小姐想要艾略特吧？」

「拜倫家的小姐、想要？」

他做夢也沒想到女人會說這種話吧。維克多瞪大眼睛，亞莉珊卓露出優雅的微笑。

「沒錯。要是想要的對象宣稱自己『不結婚』，那用醜聞把他逼入絕境就是種有效的手段。雖然是一種捨身技，但只要進展順利，周圍的人也會湊一腳幫忙撮合。假如對方是那種會因為醜聞亂了陣腳的男性，那就有希望了。」

「可惜，我原本就是醜聞纏身的『幽靈男爵』。說出真相將對方窮追猛打是很簡單，但我還是先慢條斯理地放著，等著收下更大的醜聞比較好，這樣拜倫家的小姐也安泰無憂。就是這樣。」

感激地收下堂姐的掩護射擊，艾略特斬釘截鐵地說。亞莉珊卓將眼神拋向他，視線有些沉醉。

「艾略特，你真是長成了一個好男人。在我『想做成標本的男人』排行榜裡，你可是暫定第一名。」

「為了讓妳覺得我活著比較好，我會更加磨練說話的技巧。」

在艾略特半是認真地說著時，維克多似乎已經振作起來了。他清了清嗓子，重新說道：

「你的說話技巧怎樣都無所謂……或者說，乾脆保持沉默比較好。沒錯，你的單身主義本來就有害。還想跟我繼續做朋友的話，現在就馬上撤回！」

「你又說了一件難辦的事。」

艾略特沉吟一聲，交疊雙臂。亞莉珊卓把手搭在他的肩膀上，向前探出身子。她穿著一身高領禮服，將纖細的脖頸包得密封不透。但那突然逼近的起伏曲線，還是嫵媚得令人心動。維克多慌忙移開視線，她說的話卻跟嫵媚完全沾不上邊。

「維克多，艾略特還年輕啊。二十五歲左右的男性不就像是一個小嬰兒嗎？你就當作是養育孩子，再耐心等一等怎麼樣？」

「我、我既不是他的父母，也不是他的老師！聽好了，亞莉珊卓，我也很擔心妳啊。聽說妳一直在獨自旅行，這是真的嗎？」

維克多的擔心也延燒到亞莉珊卓身上。

這個時代，有身分的歐洲女性去海外旅行在一定程度上是自由的，但是當然也伴隨著危險。輪船、火車、馬車或驢車等長途旅行，對有體力的成年男性來說也十分吃力，女性卻得穿著禮服進行。即使行動不便，也不可以脫掉象徵貴族女性的禮服。要是被認為沒有後盾，轉眼間就會遭受襲擊。而且亞莉珊卓已經二十歲後半，正逐漸錯過婚期。

會被擔心也是理所當然，但亞莉珊卓卻毫不在乎。

「我不是一個人，有女僕和導遊和我一起。對了，你聽我說！我的女僕奧德蕾一開始連去法國都不太願意，現在卻……」

維克多察覺她打算要一直說下去，一臉認真地插嘴：

「亞莉珊卓，請聽我說。女性會有各式各樣的身體問題吧。比如說，萬一在危險的地方歇斯底里發作怎麼辦？要是在這裡昏倒，我們還能照顧妳，但是在旅途中可無人照應。至少先結婚，再和丈夫一起出遊比較好！」

「歇斯底里？我沒有發作過啊。對吧，艾略特？」

被亞莉珊卓微笑著注視，艾略特也不得不開口。

他覺得這件事有點難說，但還是撐起笑容。

「這個嘛，我想這種事不會發生在自由生活的女性身上吧。她們之所以會昏過去，難道不是為了賦予我們照顧者角色的善意謊言嗎？」

「哈！說什麼傻話。歇斯底里可是一種病，艾略特，一種婦科疾病。」

維克多傻眼地哼了哼鼻子。

艾略特一邊覺得維克多的反應在預料之中，一邊回頭看向站在身後的柯尼。

「柯尼，你出生的地區怎麼樣?倫敦東區的女士們如何？」

「我不知道。那裡的人不論男女都同樣會發怒、打人，因身體不適或飢餓而倒下。我不知道哪一種是歇斯底里。」

柯尼淡淡地說，維克多一臉不高興地站了起來。

「拿便宜旅店的老闆娘和貴族女性相比本身就很荒謬！我在醫生的現場治療演示看過女性因歇斯底里發作昏倒的樣子，治療過程也很精彩。要是你怎麼樣都不相信，那就跟我一起去看！」

艾略特沉思了一會，突然露出淡淡的笑容。

在這個時代，歇斯底里被認為是常見的婦科病。據說從希波克拉底的時代就存在，直到十九世紀後半期都沒有明確的治療方法，甚至每位醫生的診斷都不同。在艾略特看來，幾乎所有的歇斯底里都只是一種狂躁。本應是天使的女性因憤怒而發狂，無法接受的家人會帶她去看醫生。維克多看到的精彩治療也很可疑，然而，任何事情都必須用自己的眼睛去看。

艾略特開口道：

「……好吧。看清這種可疑疾病的真偽，也算是『幽靈男爵』的工作。」

◇

狂風捲起漩渦。

感覺到滴答落下的雨滴打溼臉頰，艾略特轉過身。

「這裡還挺有氣氛的呢，維克多。可是如果只是要參觀有氣氛的精神病院，去倫敦的貝特萊姆不就好了嗎？」

「不要亂講，那種地方太低劣了。我想要給你看的是真正的治療。」

維克多說著便走下馬車，攏了攏斗篷的衣領。

這裡是北威爾斯，周圍是城郊的荒野，街燈在遠處閃爍著光芒。從一路上的旅程可以知道，這裡看似咫尺，其實非常遙遠。

孤零零佇立在那裡的，是一座有三個三角屋頂，看似小城堡的建築。來往的道路立著一道拱門，上面豎著以鐵打造成形的「精神病院（Asylum）」字樣。

艾略特抬頭一看，不禁自言自語：

「這真是一個見識『真正的治療』的好日子。」

「我去跟裡面的人說一聲。」

柯尼穿著配給的外套，說完便毫不猶豫地朝陰鬱的建築物走去。艾略特和維克多一起跟在柯尼身後，深切地慶幸亞莉珊卓沒有跟來。他希望亞莉珊卓保持現在這樣，永遠高貴而自由。與維克多和柯尼不同，她在另一種意義上是艾略特的星星。

「怎麼了，柯尼？好像談得有點久。」

想著亞莉珊卓的時候，艾略特和維克多來到了精神病院。柯尼似乎還在門口說些什麼，聽見艾略特的聲音，他回過頭來。

「她說……」

柯尼支支吾吾，雪白的臉龐帶著些許困惑。打開一道門縫應門的女性職員，代替柯尼小聲說道：

「很遺憾，霍斯金斯博士已經去世了。」

「去世了？什麼時候？」

維克多大聲問道。

與一臉意外的他相反，艾略特沉著地環顧周圍。

空無一物的荒野，可以看見幾個零星佇立的死者。醫院周圍少有死者身影，也許證明了死在醫院的人都有得到妥善的弔唁與安葬。這是再好不過的了，艾略特心想。

看見醫院成為幽靈聚集的場所，會使他鬱悶。這個時代的醫院與其說是診療機構，不如說是醫生的教育機構。那裡的醫生經常不問出處，就購買解剖用的屍體。沒有經過正規葬禮和安葬就被賣掉的屍體主人會變成幽靈，像泥水一樣蜷縮在醫院的黑暗角落。

這裡至少沒有那種情況，好像也沒有進行殘酷且違法的人體實驗。既然如此，維克多說的沒錯，這裡的治療也許是真的，艾略特摸著自己的下巴心想。

與此同時，維克多還在和醫院職員喋喋不休。

「博士是三天前過世的。葬禮和訃告都還沒有安排，您應該不知道吧。」

「是啊，我之前看過博士對歇斯底里的治療演示，印象很深刻，還和他聊過幾句。我當時和他約好，之後會找時間拜訪。」

「是這樣嗎？可是該怎麼辦呢？他已經去世了。」

職員陰鬱地說。然而，維克多憑著天生的多管閒事和善良大步向前。

「要處理的事情應該很多吧？有沒有什麼我們能幫忙的？霍斯金斯博士的醫術真的很精彩。他就像一個威風的指揮者，以皮包骨似的身體擋下患者歇斯底里的症狀，再用催眠術和磁石完成生動的治療。」

「皮包骨？」

艾略特口中念念有詞，無意間抬頭。

對上一雙瞪得圓溜溜的眼睛。

「……喂，你在看什麼？」

圓眼的主人小聲說，聲音就像用銼刀劃過金屬一樣。艾略特並未移開視線，將手抵在帽簷。

「失禮了。」

「嗯？怎麼了？」

聽到艾略特的聲音，維克多回頭一看，見艾略特沒有反應，又馬上回到和職員的對話中。

另一邊，垂在艾略特頭上的皮包骨紳士氣憤地怒罵：

「真是沒禮貌，誰說你可以這樣亂看的！要是在我活著的時候，早就用硫酸把你燒得亂七八糟了！別人要死的時候還在旁邊笑嘻嘻的人都去死！可惡，什麼事都不順利。人果然沒辦法死兩次嗎？」

仔細一看，他正用繩子從三角屋頂高處的窗戶上吊。他用乾瘦的手指抓住繩子，挪到一旁，一下子就消失在窗戶裡。最後，只見繩子瞬間被拉進窗戶裡，艾略特見狀才確定。

那是幽靈。

異樣的動作和上吊也不會死的身體，就是證據。

艾略特凝視著幽靈消失的窗戶說道：

「我可以問一下死因嗎？」

「什麼？」

女性職員訝異地回問，艾略特將視線對向她微微一笑。

「霍斯金斯博士的死因。」

「博士生病了，從其他醫院請來的醫生也是這樣說的。」

「其他醫院的醫生。原來如此……霍斯金斯博士去世的時候，有為什麼事情感到後悔的樣子嗎？」

「後悔嗎？」

職員的表情越來越狐疑，艾略特卻反覆追問。

「是的。是不是還有什麼遺憾，或是不滿，博士有說過類似的話嗎？」

「……這個嘛，博士去世的時候，我並不在場……」

「這樣啊。那有誰聽過博士的遺囑嗎？還有，那個三角屋頂下面的房間是誰在使用的？是病房嗎？還是博士的書房？」

「喂，艾略特，太失禮了吧！幹嘛突然那麼追根究柢？」

維克多不耐煩地說著，他把艾略特推到一旁走到前面。

「對不起，我的朋友問了一些沒禮貌的事情。他是個怪人，但不是那種不懂禮數的人才對。我在此衷心向博士表示哀悼。」

「對，我只是一個慈善家，呃，哎呀！」

說著說著，突然颳起一陣旋風，艾略特的帽子差點被吹走。維克多瞥了一眼，抬頭仰望天空。天上的雲正以猛烈的速度飄過，上空狂風大作，只見一片黑壓壓的巨大雲層朝這邊飄來，他一臉嚴肅地轉向女職員。

「不知道能不能商量一下，讓我們在這裡避一下風雨？」

「這……」

女性職員的表情變得更加為難。這時有個佝僂著腰，打扮得像僕役的男人從醫院後面往玄關跑來。

「要來了！好大的暴風雲啊。窗戶要怎麼加固？啊……這幾位老爺是博士的客人嗎？」

「是的。但是……」

維克多對尚在猶豫的職員熱切懇求。

「拜託了，只要一下子就好。」

被維克多這樣的紳士熱烈請求，大概很難找到拒絕的理由吧。經過一段時間的猶豫，職員領著艾略特一行人進入精神病院。

◇

「唉，沒想到會就這樣颳起暴風雨。」

維克多拔起紅酒的軟木塞，若無其事地說。幾乎與此同時，關不牢的窗戶發出喀噠喀噠的巨響，維克多的肩膀抖了一下。

請求進屋避雨的維克多三人，起初被帶到醫院的接待室，天色卻在他們等待冷掉的茶水時逐漸惡化。在這種時候下逐客令完全不合情理，女性職員不情願地將三人領到醫生過夜用的房間。

聽著外頭猛烈的風聲呼嘯，艾略特優雅地蹺起腿。

「我大致有猜到會這樣，這才夠戲劇化。」

「現實不一定是朝戲劇化的方向發展，艾略特。」

「我的周圍充滿了戲劇化。」

維克多對說笑的艾略特輕輕聳了聳肩，拿起職員提供的紅酒瓶。

「那劇本是這樣演嗎？這座設施從現在開始會因為暴風雨造成某處坍塌，我們趕過去，就看到一位美得出奇的患者正全身發抖？她雖然迷上你，實際上卻是得了歇斯底里的亡國公主！」

「以作家來說，你實在不會說故事啊，維克多。這太湊巧了。」

「有湊巧嗎？住在這裡的病患都是女性，應該有各式各樣的人吧？」

看著天真無邪地主張的維克多，艾略特有些猶豫。

他這位朋友毫無疑問既誠實又善良，同時又過於保守。要是說得不夠得體，肯定會遭到反駁。話雖如此，若為了安全而整天談論天氣，艾略特認為還不如直接上吊。

「……維克多，我還是不覺得有歇斯底里這種病。」

「怎麼還在說這件事。關鍵的霍斯金斯博士已經去世了，也沒辦法請他跟你這木頭腦袋解釋了。」

維克多板著臉，往艾略特和自己的杯子倒紅酒。艾略特盯著杯子裡逐漸斟滿的紅色液體說道：

「痙攣或癲癇的話，男人也會發作。我想，我們是不是常常把女性想得太柔弱，總是硬把她們當成柔弱的天使呢？舉例來說這幾十年來，很少有女性因殺人罪被逮捕，你知道嗎？」

「當然知道，警察廳總監是我父親的好朋友。」

「那你也知道十七世紀末被判殺人罪的女性和男性一樣多吧？人們認定女性沒辦法殺人不過是最近的事。」

艾略特的聲音平靜而淡然。

維克多眉間刻著深深的皺紋，轉動著紅酒杯。

窗外的風嗚嗚地響。

他還需要時間思考吧。人的想法不會馬上改變，需要時間反覆思考。即便如此，像艾略特這樣接近死者世界的人，即使天地翻轉也不會說出「女人殺不了人」這種話。

當沉默開始變得有些沉重時，艾略特對佇立在房間一角的柯尼說：

「趁這個機會，你也來嘗嘗紅酒？」

「請別開玩笑，艾略特先生。」

艾略特望著說得理所當然的柯尼，將手搭在粗糙的扶手上拄著臉頰。

「要開玩笑的話，我會說得更有趣。我們現在就像遇難的人，應該平分有限的糧食吧。」

「我已經吃過飯，吃得夠多了。」

柯尼一派固執。此時，慶幸話題改變的維克多開口說：

「只喝那碗高麗菜湯？柯尼，要是艾略特那裡的待遇很差，隨時都能跟我說喔。而且如果以後想要有所成就，就一定要學會品酒。需要試毒的話就讓我來。」

艾略特輕柔地瞇起眼睛看著他，向柯尼招了招手。

「過來，柯尼。維克多不會咬人的，他和那些壞幽靈不一樣。」

「你又在說這種話！死掉的人不會咬活人吧！他們又沒有肉體。」

對皺眉的維克多微笑，艾略特也緩緩抽離歇斯底里的話題。他蹺著一雙長腿，想起吊在三角屋頂窗戶上的幽靈。

他就是這間醫院的院長，霍斯金斯博士。艾略特確認過掛在接待室裡的照片，不會錯。他之所以變成幽靈，是因為還沒舉行葬禮吧。

不過，他究竟為何想要「重新死一次」？

如果沒有意識到自己的死亡那另當別論，但他知道自己是幽靈，而且死因應該是病死。或許說不上是光榮的死亡，但總比自殺好吧。那他為什麼要重新死一次呢？

想起幽靈凶狠得要咬人的樣子，艾略特打開銀菸盒拿出雪茄。

「不能說沒有會咬人的幽靈。意志強烈的死者會不斷干涉生者，引起騷靈現象。話是這麼說，生者最大的敵人還是生者。」

「幽靈男爵都這麼說了，那就是這樣吧。」

維克多笑了笑，側過頭聞著紅酒的香氣。

「這個香味……不知道該用什麼來比喻才好。是一種奇特的味道，像是松香……很刺鼻。聞起來是植物，但我不記得有聞過這種味道……」

「這樣可當不成柯尼的老師喔，形容得更有詩意一點吧。」

被艾略特調侃的維克多沉著臉喊道：

「煩死了，我才不像你那麼詩人！喝一口的話，我可以再多說點什麼。」

維克多皺起眉頭，把杯子送到嘴邊。

柯尼卻突然搶走那個玻璃杯。

「等等！」

「喂，你別急啊！」

維克多驚訝喊道，然而柯尼隨即將紅酒含入口中，沒嚥下就往地上一吐。

灰綠色的眼眸暗沉沉地抬頭望著艾略特。

「有毒。」

「你說什麼？」

叫出聲的是維克多。柯尼轉向他，吐出像玫瑰花瓣一般的舌頭。看見他的舌頭和嘴唇明顯在顫抖，艾略特把菸盒扔在地上站起身。

他把水瓶裡的水倒進空玻璃杯中，塞到柯尼嘴邊，然後拿走紅酒杯。湊近一聞，確實有股混著紅酒香氣的刺鼻青草味。

維克多也慌忙站起，神色慌張地說：

「不是吧，但是為什麼要對我們下毒？沒有理由要殺我們吧！而且這瓶紅酒還沒有開封過！」

「等等，先解毒。」

艾略特淡淡地說，讓柯尼把水吐在床底下的臉盆裡。重複幾次之後，仔細瞧著柯尼慘白的臉。

「沒有吞下去吧？」

「……是的，我沒事。」

「那就好，戰場上是用嗎啡催吐的。」

艾略特心無波瀾地說，輕輕撫摸柯尼的頭，讓他靠在自己胸前。柯尼有些不好意思地眨了眨眼，小聲說著：

「維克多先生，是軟木塞有問題。」

「軟木塞？軟木塞究竟怎麼了？」

維克多一副心神不寧的樣子，戰戰兢兢地抓起紅酒瓶的軟木塞。

柯尼繼續說：

「只要有針筒，就可以穿過軟木塞，把毒注射進去。這裡是醫院，應該有很多針筒吧？這是魔術也很常用的手法。」

「……怎麼會有這種事。」

艾略特瞥了一眼盯著軟木塞呻吟的維克多，對柯尼說：

「我們會被下毒一定有理由。再怎麼不講理的事情，一定都有理由……柯尼，麻痺有好一點了嗎？」

「越來越淡，也不會心悸了。」

回話的柯尼似乎一丁點都不恐懼，只是筆直地仰望艾略特。艾略特也輕輕點頭，稍微收斂焦慮的心情閉上雙眼。

快想。快仔細想想。應該已經「看得見」答案了才對。

霍斯金斯博士的行動代表什麼？

對方對我們下毒的理由又是什麼？

「總之，一定要找出凶手！不對，還是要告發？總之先逃出這裡……不行，外面是暴風雨，市區又遠。就算我們可以，柯尼會很難受吧。只要是正大光明的戰鬥，我有信心能戰勝大多數的對手，可是毒藥……這不是女人的武器嗎？」

維克多像是一隻焦急的熊在徘徊，嘀嘀咕咕地吐出咒罵。

女人的武器。

聽見這句話，艾略特靜靜地睜開眼睛。湛藍的眼眸冷冷地閃著光說道：

「維克多，我知道對我們下毒的凶手是誰了。」

突如其來的宣言令維克多怒吼出聲：

「凶手？是誰？呃，不對，不是這樣。你怎麼知道？你又要說你『看見』了嗎？」

「我『看見』的是受害者，對我們下毒的凶手還殺害了霍斯金斯博士。」

「你說什麼！」

維克多用完全無法理解的表情喊道。他還想繼續追問，柯尼卻搶先猛然抬起頭。

注意到他高度警戒的樣子，艾略特也側耳傾聽。

「……噓，安靜。」

艾略特向維克多發出信號，要他壓低聲音。不一會，牆的另一邊傳來喀吱喀吱的腳步聲。那是躡手躡腳下樓的聲音。

跟著艾略特他們一起凝神傾聽的維克多，應該也聽見了同樣的聲音。維克多悄聲說：

「……是來看我們的情況。人數不多，我們兩個人衝上去的話，應該可以。」

艾略特立刻搖了搖頭。

「要是對方拿著槍就危險了。再說雖然已經猜到凶手是誰了，可是還沒有掌握到殺害博士的證據，現在還是裝死比較好。」

「你認真的，艾略特？」

維克多還想反駁，艾略特就用手掌堵住他的嘴。他望著維克多打算剁下那隻手的臉，輕輕笑說：

「就算我瘋了，我也會幫你的。」

他低聲說「放心吧」，維克多愣得說不出話。

在這之間，柯尼把紅酒杯裡的東西倒在地上，接著又放倒兩個玻璃杯，自己也倒在一灘紅酒漬旁。

艾略特也拖著維克多效仿。還在驚訝的維克多沒能抓住抵抗的機會，僵硬地滾倒在艾略特等人身邊。

混在紅酒裡的特殊毒藥氣味撲鼻而來。這是死亡的味道啊，艾略特心想。在戰爭中負傷躺在草叢裡的時候，好像也聞到一種只能說是死亡的味道。那到底是什麼呢？

以混雜著恐懼和放棄的心情吸進那股臭味，飄在空中行軍的死去士兵便停下腳步，溫和地笑著俯視自己。

——我們等著你，他們說著。

咚、咚。

有什麼人在敲門。艾略特回過神來閉上雙眼。

一陣沉重的沉默支配著周圍。巨大生物咆哮般的呼呼風聲隔著牆壁傳來，窗戶喀噠喀噠地搖晃。

過了一會，傳來門把靜靜轉動的聲音，門開了。

兩個人的腳步聲邁入室內，並沒有想要壓低腳步聲的意思。艾略特小心翼翼地微微睜開眼睛，從睫毛陰影中看到的兩雙鞋子，都是有點髒的紳士鞋。

是男人嗎？

想著想著，其中一人將艾略特等人翻身，另一個人熟練地將他們反綁起來。

「放在那個房間就好？」

壓低聲音詢問的，應該是在玄關前看過一眼的那個僕役。

另一個人似乎無聲地點了點頭，兩人合力將維克多的身體扛在僕役肩上，向走廊走去。

柯尼微微睜開眼睛，看向艾略特。有如在問，這樣下去好嗎？艾略特微微點頭。也有可能會被帶去意想不到的地方，但他們三個人總會有辦法的，艾略特有這樣的自信。

不一會，僕役回來扛起艾略特，另一個人扛起柯尼。

一陣飄浮在空中的奇特體驗之後，他聽見走廊上嘎吱嘎吱的聲音。沒多久，僕役就上了樓梯。屍體的話，一般都是放在地下室吧，艾略特想，內心深處突然燃起希望之光。

他想起從外面看到的醫院構造。

搞不好會碰上。

「放進去嘍。」

僕役向跟在身後的男人搭話，把艾略特扔進黑暗中。

他完全被當作物品對待，肩膀承受了狠狠的撞擊。他咬緊牙關，成功地忍住呻吟，但也許會痛上好一陣子。過了一會，柯尼也被扔進房間。他完美地以鬆弛的狀態癱倒在地，和艾略特完全無法相比。

結束工作後，僕役迅速關上門，將門從外面鎖上。聽見他和另一個人的腳步聲漸行漸遠，維克多發出呻吟。

「嗚……我感覺自己像肉鋪裡的牛。那些傢伙根本不懂怎麼對待紳士。」

「嗯，我們的登場方式也缺乏對紳士的禮貌啊。」

「登場？誰在哪裡登場？還不都是你……」

維克多在這種時候仍想繼續說教，艾略特舉起疼痛的手臂，像是要打斷他似的，對房間深處說：

「——打擾了，博士。」

「博士？這裡有人嗎？怎麼看都像是儲物間啊。」

柯尼對一臉奇怪的維克多「噓」了一聲。

「……他在，在裡面。」

聽見柯尼的悄聲細語，維克多眨了好幾下眼睛，凝視著黑暗深處。

「那裡一片烏漆墨黑，只能看到一些破爛。」

「嘖，什麼破爛啊，一群蠢貨。」

充滿諷刺的聲音從黑暗中傳來。那是維克多絕對聽不見的老人聲音。

霍斯金斯博士就在這裡。

艾略特堅信地繼續凝視，慢慢地，光線映入眼簾，周圍的模樣也變得清晰起來。天花板大幅傾斜，地上擠滿木箱一類的雜物，牆上立著只有床架的床以及堆積如山的繩子。

唯一沒有放置任何物品的牆面上，有一扇很有特色的圓窗。

沒錯。這裡是從外面看時，最顯眼的三角屋頂正下方的房間。乍看只是一間儲藏室，但或許是霍斯金斯博士的祕密書房。從艾略特的角度，可以看見光線從一字排開的架子對面灑落。

慎重起見，艾略特向維克多拋出疑問。

「維克多，你知道現在有開燈嗎？」

「燈？哪裡有什麼燈，根本沒有燈啊。不光是興趣，你的眼睛也出問題了吧，艾略特。」

艾略特一邊接受維克多的回答，對柯尼說道：

「我的眼睛就跟平常一樣。柯尼，麻煩幫我們解開繩子。」

「好的，艾略特先生。」

柯尼倏地坐了起來，語氣一如既往地淡然。他的手腳不知何時完全恢復自由，解開艾略特和維克多的繩子也是一瞬間的事。近乎魔法的手法，使維克多面露驚訝。

「太感謝了……可是你是怎麼解開自己的繩子的？你是天才嗎？」

「比起泡紅茶，我更習慣解開自己的繩子。」

柯尼說得稀鬆平常，維克多直愣愣地盯著他。

艾略特輕輕推開目不轉睛的友人，對柯尼說：

「柯尼，抱歉，麻煩你從窗戶看看外頭，凶手也許會逃跑。考慮到街道的方向，這裡看得到的可能性很高。」

「我明白了。」

柯尼乖順地走向窗邊，維克多還在驚奇地摸著自己的手腕。艾略特則整理衣領，走向架子的另一邊。

「——霍斯金斯博士，請允許我重新自我介紹，我是被世人稱作『幽靈男爵』的人。」

「蠢貨還能看見死人？真是個好眼力的蠢貨。把眼睛捐出去，趕緊去死吧。」

馬上飛來一句辛辣的話語。

他一開始就知道這位死者不願配合，但還真是相當棘手。採取高壓的態度應該不太合適，草率地裝成一個不尋常的小伙子，似乎也沒有接受的餘地，那就直接拙劣地表現出來吧。

艾略特有些猶豫，但還是朝架子後面看了看。

鑲有細小凹凸的玻璃燈罩，使強烈的燈光擴散開來。那光芒反射在無數的玻璃製品上，彷彿是一盞水晶吊燈在發光。

這近乎炫目的光彩，維克多是看不見的。也就是說，艾略特現在看到的是幽靈帶來的奇特幻影。幽靈會把生前所見的東西作為幻影，或多或少帶在身上。例如自己喜歡的衣服，或是常用的器具。

這位博士所帶的，是祕密書房夜晚的光景。

緊貼架子的長桌上覆蓋著一層細膩的白色粉末，上面堆著沾滿粉末的書和筆記，酒精燈正在燃燒，燒瓶底部好像在煮著什麼。架子上塞滿了樹皮、樹根和蟲子之類的標本。

博士坐在長桌前，弓著身穿白襯衫的後背。

艾略特興致勃勃地望著雜七雜八的架子繼續說：

「您不必擔心，我遲早會死的。剛才也差點就死了，還是拜這裡的職員所賜。『她們』究竟是怎麼回事？歇斯底里應該已經被博士治好了才對，卻又這麼衝動亂來……」

「腐敗，所有人都腐敗！肯定連內臟都又臭又爛，才會做出那些無謂的事。悶在這種地方，我的業績，我的名字要留在哪裡？我的未來，我的名譽呢？要是死了，一切就完了。」

博士大聲叫嚷，手裡的動作卻不曾停歇。可是仔細一看，他做的只是把白色粉末從陶盤轉移到燒瓶，再從燒瓶轉移到陶盤。博士的手因風溼而扭曲變形，每次移動都有大量粉末落在桌子上。

艾略特微微瞇起眼睛，柔聲說道：

「您的業績已經聞名世界了。您不是舉辦過好幾次現場治療秀嗎？這位還是看了表演才來這裡的，對吧，維克多？」

突然被拋出問題的維克多驚恐地點點頭。

「啊，呃，是的。我看了那場演出，大受感動……艾略特，我可能問了個蠢問題，和你說話的人是……」

「的確是個蠢問題。」

艾略特的一句話讓維克多陷入沉默，霍斯金斯博士微微抬起頭。他盯著空中看了一會，又回到移動粉末的單純作業中，開始喃喃自語。

「是這樣嗎？那真不該稱你們為蠢貨。不過那個生意差不多該收場了，因為有了偉大的發現。這將是轟動世界的發現，我將在歷史上留名。本該是這樣的，應該是這樣的。應該、是這樣才對，應該……是這樣……」

也許是在途中想起自己已經死了的事實。霍斯金斯博士像壞掉的音樂盒一樣重複著同樣的話語，艾略特以極為親切的表情向他輕聲說道：

「博士，我們能幫上什麼忙嗎？要是您能告訴我們真相，我們就能夠幫忙把它傳達給世人。」

「告訴世人，告訴世界，我的業績，我研究出來的，沒錯，我的研究成果。對……還有這個辦法。假如你們對我的研究著迷，無論如何都要幫忙的話，倒也不是不能讓你們幫我發表新藥，這可是莫大的榮譽。」

艾略特的話讓霍斯金斯博士的身形稍微挺拔了些。他終於放下燒瓶和盤子，用沾滿白色粉末的手指指著架子一角。

「完整的配方鎖在保險箱裡，那邊的是草稿。你看吧，反正你也看不懂。」

「我這就去看看。」

艾略特恭敬地回答，從架子上抽出幾張紙片。沾滿粉末的紙上，密密麻麻地寫滿手寫文字。翻到第二頁、第三頁時，出現樹皮和花卉的精緻鋼筆畫。

「喔，這些畫真讓人想裱框裝飾在牆上。」

「哈哈！無知的傢伙就是這樣才讓人困擾。它可是比美術品還要更有價值，說到底，那些畫以美術品來說根本就是下下之作。」

「不，沒那回事。我的堂姐是植物畫的收藏家……」

艾略特說到這裡就停了下來。

在他沉默的時候，博士狠狠地哼了一聲。

「女性！是啊，女人能做的學問頂多就是收集花草或文學一類。這些不自量力的傢伙，還不知道滿足！女人只要盡好女人的本分，做不到這一點的女人都去死！能代替的多的是！」

「原來如此。」

艾略特面無表情又看似和善地喃喃說道。

他難得感受到一股如同熾白火焰的憤怒在心底燃燒。

柯尼接著出聲喊道：

「艾略特先生，有一個人影！」

「有人從後門出去了，是個男人！」

不知何時和柯尼一起盯著圓窗外動靜的維克多也開口。圓窗外依然是狂風暴雨，但既然是兩個人一起確認，應該不會看錯吧。

艾略特毫不猶豫地喊道：

「那傢伙肯定就是殺害博士的凶手，追上他！」

「我可不知道趕不趕得上！」

維克多回覆喊道，正要往門口走去。

另一邊，柯尼也用清澈的聲音說：

「我去。」

「我去比較快，你待在這裡！」

維克多氣急敗壞地怒吼，柯尼卻看向艾略特。灰綠色的眼眸透著澈悟，依舊沒有絲毫恐懼和猶豫。

那是一雙要他去死就會死的眼睛。

艾略特盡量用看上去美麗的方式微笑著說：

「小心點。」

「好的。」

柯尼回答時，臉上閃過一絲幸福的表情。他立刻爬上圓窗，打開鎖拉開窗戶。

咚的一聲，風雨吹進室內，掛在木箱上的布發出啪噠啪噠的聲音。

「嗚啊！喂、柯尼！」

維克多驚嚇地喊，但柯尼已經聽不進任何聲音。他迅速脫下鞋襪，竟然就這麼跳窗而出。

他想從屋頂上跑過去，用最短的距離抓住犯人。

「快回來！風雨這麼大，掉下去會死的！」

臉色發青的維克多正要跑到窗邊，艾略特就一手拿著一捆紙從架子後面跳出來，抓住維克多的手臂。

「不用擔心，他一定沒問題。」

「艾略特。」

維克多眨也不眨地盯著艾略特平靜的臉，突然握緊拳頭打在他的臉上。

練拳擊鍛鍊出來的那一拳又重又快，艾略特感覺整個腦袋都在搖晃踉蹌著。維克多揪住他的衣領，以眉睫之間的距離咬著牙一字一句地說：

「這不是你能保證的事情。你想成為那孩子的神嗎？」

「……要是他發生什麼事……死了，我會贖罪……就是這樣。」

艾略特感覺身上的疼痛越來越強烈，笨拙地回答。維克多仔細打量艾略特的臉，再次握緊拳頭。

「我來把你揍醒。」

「你覺得我有清醒的時候嗎……？」

「閉嘴，小心咬到舌頭。」

在維克多提出忠告並醞釀第二拳的時候，儲物間的門發出響亮的聲音再次打開。維克多和艾略特大吃一驚，回頭一看，聽見騷動聲的僕役正凶神惡煞地站在那裡。

「你們……竟然還活著！」

僕役呻吟般地說道，他身材高大，還拿著一把小巧的雙頭斧。再怎麼小巧，如果是人的手腳，還是能輕鬆砍成兩截。

「之後再跟你說教，艾略特。你就在那裡默默看著吧！」

維克多迅速推開艾略特，毫不畏懼地擺起拳擊架勢。

「去死！」

僕役吐出簡短的咒罵，大步衝了過來。維克多保持架勢不動。知道他的眼睛在黑暗中眨也不眨地凝視對方，艾略特便不再用視線守候維克多。

艾略特有他才能做到的事情。

他轉過身，對維克多和僕役露出毫無防備的背影，面向霍斯金斯博士。博士似乎在架子的另一邊使勁地撓頭。

「哎，吵死了，吵死了，吵死了！妳們每一個都吵得要命，不要妨礙我崇高的工作。女人的舌頭全都給我拔掉！全部，全部，全部！」

怒罵不止的博士已經不像個正常人了。現在這裡一個女性也沒有，即使如此，艾略特也不想提醒他「這裡沒有女人」。

取而代之，他薄薄的嘴唇浮現出看似慈愛的笑容，走近博士。

「請冷靜下來，博士。風溼很痛吧？您那比跳蚤還小的忍耐力是無法忍受的。只要接受死亡，疼痛就會消失才對。」

聽見「死」這個詞的瞬間，博士踢倒椅子，從架子的另一邊探出頭來。他的雙眼布滿血絲，嘴角幾乎要噴出泡沫，他用彎曲的食指指著艾略特。

「死？我才沒有死。也許以後會自己去死，可是還沒有死。你不是看得見我嗎？那雙眼睛是裝飾嗎！」

艾略特眯起眼睛，慢慢加深笑容。

他的笑容看起來還是充滿慈愛，卻出奇地冰冷。

艾略特用看似逐漸浸染毒藥的眼神盯著博士，搖晃著畫有細緻鋼筆畫的紙捆。

「很遺憾，我的眼睛看得太清楚了。我也明白，您受風溼侵襲的手指是畫不出這麼細緻的畫的。」

艾略特的話，使博士的雙眼睜大到無法再大。他就這樣步步逼近艾略特，像機關槍一樣滔滔不絕。

「那是在我風溼病惡化之前畫的！這是一份新藥研究報告，要是它能問世，有許多人將從痛苦中解放。而我，將是大富豪！偉人！永遠在這世上留名！」

幽靈步步走近。啪噠啪噠地踩著鞋子走了過來，冰冷的手指試圖扯下艾略特的胸口。

艾略特沒有避開。相反地，突然把臉湊向他。

艾略特在幾乎鼻翼相碰的距離甜蜜低語：

「應該會在歷史上留名吧，這位在畫裡藏著簽名的女性。」

「……什麼？」

他瞪大的眼睛轉了一圈。

混濁的眼瞳映出美麗的鋼筆畫。在艾略特指向的那一角，以鋼筆細緻描繪的一角——確實寫著小如螞蟻的文字。

那是一個女性的簽名。

「我沒、看見……」

霍斯金斯博士在嘴裡嘟噥著。艾略特在他耳邊說：

「霍斯金斯博士，你是被自己的女助手毒殺的吧？」

「什、什、什、什、什……什……」

你在說什麼，怎麼可能會有這種事？

霍斯金斯博士無法繼續說下去，眼睛開始打轉。

他的眼睛轉了一圈又一圈，似乎要轉到眼花繚亂。突然間，博士的身高減為一半。方才還清晰可辨的姿容像霧一樣散開，曖昧地纏繞在一起，像融化的雪人般盤踞在艾略特腳下。

艾略特俯視著它，表面上平靜地說：

「你的名字不會留在歷史上的，霍斯金斯博士。你就在死者的國度快樂地生活吧，那邊也有一半是女性，但大多數都比您像樣吧。」

「什、啊……啊……………啊…………」

在連話都說不出來的博士面前，艾略特頓時面無表情。回頭一看，儲物間裡除了自己沒有其他人。

「……維克多？柯尼！」

艾略特膽顫心驚，急忙叫著兩人的名字穿門而過。

他迅速觀察四周，狹窄的樓梯到處都有破損。簡陋的木製扶手斷了好幾處，低矮的天花板上也有被切砍的痕跡。肯定是僕役到處揮砍斧頭的痕跡。

他相信維克多的拳技，將一切交給了他，然而見到這副光景，就連艾略特也不由自主地全身發涼。他全速跑下樓梯，跳過一階兩階的梯級，飛也似的來到一樓。

就在那時，他感覺鞋底踩到一個柔軟的東西。

「唔……」

被艾略特踩過的男人發出有些痛苦的叫聲，身體顫抖。護著肚子縮成一團倒在地上的，肯定是剛才那個僕役。

「……太好了，你還活著。」

艾略特看他還活著，才稍微鬆了口氣。

他不想維克多死掉，也不想看他變成殺人犯。從僕役倒在樓梯底部的事實來看，僕役可能是和維克多上演一場激烈打鬥後，從樓梯摔下來。他還有意識，但是似乎因為疼痛站不起來，也無法大聲說話。大概斷了幾根骨頭吧，艾略特推測。

「我之後再幫你叫醫生，會找一個像樣的。」

他小聲對僕役說，然後急急忙忙地走在昏暗的走廊上。

不管是一字排開的門的另一邊，還是被鐵柵欄封閉的走廊另一側，都有無數的動靜。這倒也是，畢竟是場大騷動。注意到前方的門微微開著，艾略特露出燦爛的微笑。

「打擾了，實在很抱歉，小姐。惡夢馬上就會消失的。」

在令人屏息的注視下，急促的關門聲不斷傳來。

艾略特繼續往前走，試圖推開玄關的門。幾乎與此同時，門從外面打開了。隨著染上女人悲鳴的風聲，大顆的雨滴打了進來，艾略特不由得瞇起眼睛。維克多健壯的手抓住他的手臂。

「艾略特！你快看！」

「怎麼了，維克多？」

他用手掌擦了擦臉，在黑暗中凝神注視。維克多有些興奮，抓著艾略特滔滔不絕地說：

「是女性！是個女性！我見過她……她是以前在歇斯底里治療演示中出場的女性患者！」

聽他這麼一說，艾略特越過他的肩膀往外看，有一個男人——不，應該是扮男裝的女人，柯尼將她的雙手扭到背後，壓制在地。她垂著腦袋渾身無力，纖細的脖頸爬著一縷沒綁好的碎髮，看起來十分可憐。

結果如他所料，艾略特吞了一口苦水說道：

「……善待她一點，柯尼。她不是病人，是霍斯金斯博士偉大的助手。」

◇

教堂的鐘聲匡啷匡啷地響著。
暴風雨雖已遠去，教堂尖塔刺向的天空仍是烏雲罩頂。在低垂的雲層下，參加葬禮的人穿著一身黑壓壓的衣服，零星地走向教堂。
艾略特、維克多、柯尼以及一名女性，在教堂前廣場對面的酒吧窗邊注視著這一切。女性將視線落在微弱的陽光下閃閃發光的玻璃杯上，緩緩開口：
「……這樣一來，博士就會啟程了吧？」
「是啊。雖然他已經完全不是人類的樣貌了，不知道在死者之國會變得怎麼樣。說起來我對死者之國的事情並不清楚，畢竟沒有人會從那裡回來。」
「我覺得只要熟悉死者就足夠了，了解太多未必幸福。」
女性一字一句停頓地說。艾略特隔著圓桌，面帶微笑問道：
「我能問妳的製藥知識究竟是從哪裡學來的嗎？」
「從書上學來的，我不能去聽課。我只是霍斯金斯博士的助手，一開始做的是女僕之類的工作。在那之前，是那間醫院的住院患者，因為我用花瓶揍了我那非常不道德又粗暴的未婚夫。」

「喔，用花瓶揍既不道德又粗暴的未婚夫！」

艾略特複述一遍，維克多喝的啤酒差點噴出來。維克多一邊咳嗽一邊露出窘迫的表情，來回看了看艾略特和柯尼。

「你們好像在說很恐怖的事。要是女性會做那種事，男人不就沒辦法安穩睡覺了嗎？」

「這個人看起來不錯呢。」

女性淡淡笑著說，艾略特則報以微笑。

「沒錯，他是個好人，可是還是很死腦筋。」

她羨慕地看向笑著的艾略特，繼續說道：

「就算死腦筋，只要是一個通情達理又善良的人就好。問題是，這個世界不可能是這樣的。我的父親覺得『女人怎麼可能毆打男人』，把我送進了那間醫院。可是我並沒有生病，我向霍斯金斯博士推銷自己的工作能力，讓他升我為職員。最後，還和他一起演了歇斯底里治療演示的對手戲。」

「那果然是騙人的吧？」

被艾略特這麼一問，女性苦笑著說不出話來。

「當然！博士連催眠術都不太會。不過，只要把那種華麗的演出展現給觀眾，即使治療是假的，也會讓很多人以為他『治好了歇斯底里』。這都取決於自己的心態，有點類似信仰的救贖，和他進行現場演示時，我都這樣對自己說。作為代價，他會買書給我，我在自由時間會使用儲物間，一心一意地學習，因為我原本就對藥學很感興趣。」

她說話的方式明顯帶有知性的光芒。那是每個人都有的，就如寶石般璀璨閃耀的才華。面容姣好也好，溫厚善良也好，擅長刺繡也好，賭局常勝也好，都是閃耀的一部分才對。

艾略特一邊思考一邊附和。

「原來如此。然後，實際上妳差一步就能開發出劃時代的新藥……這個問題可能有些失禮，妳不是也做了新種類的毒藥嗎？妳用在博士和我們身上的毒藥，是從一開始就想做的藥嗎？」

女性對他的提問略微狡黠地笑了笑。

「幽靈男爵先生，毒和藥只是一線之隔。藥草本來就有各式各樣的效果，而藥學就是指強化其中有用的東西。我也是以此為目標，途中也做出對人來說是毒藥的副產品，就只是這樣。」

「原來如此，真是上了一課。」

艾略特嘆了口氣，柯尼擔心地看著他。

維克多喝空了啤酒杯，沉重地搖搖頭。

「如此有才華的女性卻迎來這樣的結局，真令人惋惜。所有跟這件事有關的男人都是蠢蛋。就算是開發新藥，至少也讓妳成為共同研究者之類的，這對博士來說也比較有利吧？」

「我也是這麼想的，但博士的想法正好相反……如果我說我差點被博士殺死，你會相信嗎？」

她的問題指向艾略特。

艾略特毫不猶豫地點頭。

「我就覺得是那樣，畢竟殺死博士對妳來說幾乎沒有好處。我推測是因為博士想殺妳，妳才不得不殺了他。」

「……那傢伙是真正的人渣，或者說是垃圾。這種時候能用的詞彙太少了，真可恨。」

維克多悶悶不樂地說著，就這麼垂下頭。柯尼瞄了他一眼，把快要碰到他瀏海的杯子挪到一旁。

女性看著這些男人的樣子偷偷地笑著，又看向左手邊的窗戶。

「被家人拋棄的我，沒有辦法發表新藥。唯一的方法就是得到博士的協助，博士卻一拖再拖。我心想這下糟了，就請交情好的患者和僕役去探博士的口風，結果發現他想殺我……沒辦法，我只好殺了他。」

隔著窗戶，女性望著教堂喃喃自語。

匡啷、匡啷。

奇妙的聲音從神的居所響起，酒吧裡的人們吵吵嚷嚷。

艾略特學著她的樣子將視線轉向教堂，緩緩地說：

「妳殺人用的是尚未發表的新藥，所以醫生也判斷博士是病死的。即使不是如此，那間醫院也不可能發生『殺人』。只要博士死了，這件事也不了了之，沒多久醫院就會解散，嶄新的人生正等待著妳……在我們來之前，妳是這麼相信的。」

「……等等。雖然有很多難以置信的事情，那間醫院不可能發生『殺人』究竟是什麼意思？只要有人在，就會有殺人事件吧。」

維克多戰戰兢兢地插嘴，艾略特用有點驚訝的語氣回答：

「你之前不是也相信『女性不會殺人』嗎？那間醫院專門治療歇斯底里，裡面住的全是女性喔。」

「唔……」

維克多低聲呻吟，再次沉默。

女性愉快地聽了一會周圍的嘈雜，終於爽快地開口。

「我本來很擔心這件事可能會被當成患者長期歇斯底里所致，但如果真的有患者惡化到殺人的程度，博士的名譽就會受到影響。會被懷疑的頂多只有幾名男性職員……本該是這樣的。是哪裡出錯了呢？也許是聽那位紳士說他認識倫敦警察廳的總監，我才慌了手腳吧。」

說完，她自暴自棄地笑了。

她彷彿捨棄一切的臉龐有些悲傷，同時又充滿不可思議的魅力。艾略特全神貫注地對她說：

「妳做錯了很多，但是，我們也錯了。」

這些話發自內心，卻不知她能不能理解。

艾略特畢竟是個男人，是個貴族，處於可以踐踏大多數人的立場。無論艾略特對她說得多麼真摯，若被當成富人隨意施捨的麵包邊也無可奈何。

實際上，經過一段時間的沉默後，她帶著厭惡的笑容回答道：

「……我討厭你這個人，艾略特先生。」

艾略特悄悄嘆了口氣，自己也露出微笑。

「是因為明明是妳最討厭的男性，卻有點想要愛上他？」

「哇，真的是個討厭的男人……所以，你會實現和我的約定吧？」

她的態度已經很難說是友善，艾略特仍神色不變地點了點頭。

「當然，我會盡力讓妳的藥以妳的名字來發表。為了促進心理疾病治療的發展，我會用盡一切辦法。」

「謝謝，關於這點我必須感謝你才行。」

女人低聲說著，慢慢起身。艾略特很快就站了起來，拉開她的椅子並補充道：

「我來幫妳的死也偽裝成意外死亡，舉行葬禮和下葬吧。這樣的世界，妳也想早點告別吧？」

女性整理了一下細節模糊的裙撐，從正面望著艾略特的眼睛。維克多慌忙站起，但他似乎不知道女性在看哪裡。

沒錯，她是幽靈。

從走進這間酒吧的那一刻起。

不，其實從很早以前開始就是了。

在那個暴風雨的日子，當艾略特救起被柯尼制伏的她時，她已經吞下了暗藏的毒藥。艾略特等人試圖為她解毒，卻還是來不及，只能束手無策地眼睜睜看著她死去。

在死後還能這樣對話，也許對雙方來說或多或少都是一種安慰，至少對艾略特來說是件好事。

她以理智而富有的貴婦人姿態說。這大概是她生前想要變成的模樣吧。

「是啊，沒什麼好留戀的，我只希望死者的國度能比這裡好一些。」

「那我送妳到酒吧門口吧，我能做的也就這些了。」

「喂，她要回去了嗎？怎麼樣？她還恨所有男人嗎？」

著急的維克多站了起來，「老爺，把那杯剩下的啤酒也喝了吧！」酒吧老闆對他說。

女性對那樣的維克多微微一笑，再次仰望艾略特。

「艾略特先生，你那麼聰明，又『看』得那麼清楚，為什麼還要停留在這樣的世界？」

「這個問題好難啊。大概是因為……要是沒有『看得見』的人類，真相就會被埋沒……吧。」

艾略特認真思考後回答。

女性卻一副大失所望的樣子，揮舞著縫了一堆美麗珠子的小皮包，朝酒吧大門走去。

「哼，說到底還是喜歡人類的世界。算了，人生就是這樣。」

艾略特盡可能以優雅的步伐快速追上她，按住酒吧的門。門上的鈴鐺發出叮噹叮噹的悅耳聲響。

在跟著女性走出酒吧前，艾略特向背後瞥了一眼。

聚集在酒吧的男人們，全都紅著臉開懷暢飲。維克多好不容易才把喝完的玻璃杯還給吧臺，柯尼一邊看著他，一邊在視野邊緣牢牢地看著艾略特的身影。

柔和的陽光從窗戶照射進來，照亮柯尼的金髮。

光是看到這一幕，不自然的笑容就從艾略特的臉上消失。他溫和又面無表情地俯視女性，輕柔地說：

「讓我留在這裡的理由，或許還有一個。」

「那我就問問你吧？」

女性揚起一邊的嘴角，挑撥地問。

艾略特壓低聲音在她耳邊回答：

「……如果我說，是因為有人願意牽著我的手？」

「真老套。不過，我比較喜歡這個答案。」

女性以略帶甜美的語調對艾略特呢喃細語，獨自一人走出了酒吧。一走到陽光下，她便俐落地撐起陽傘，轉了一圈。

她開出的陽傘花混入活生生的人群中，很快就連艾略特的眼睛也認不出她了。

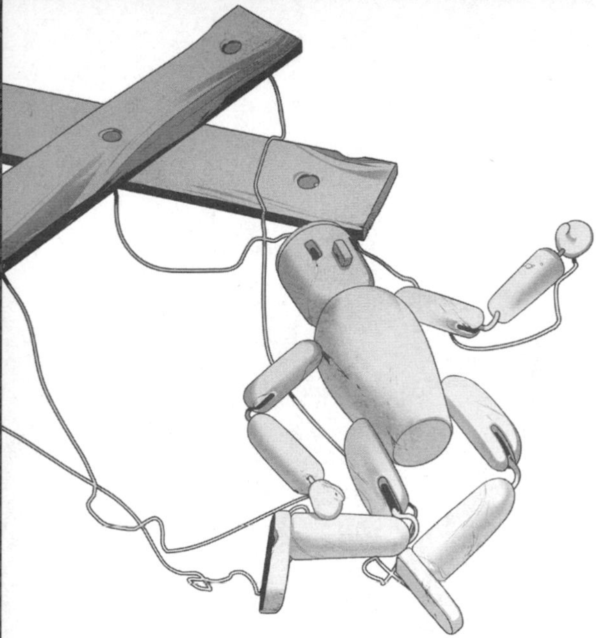

5 頂樓座位的天使

「休假是嗎？」

柯尼反問道，艾略特露出十二歲少年般的笑容點點頭。

「嗯，我要一個人去義大利一個星期左右。這段期間，我打算讓史蒂文斯和詹姆斯以外的傭人放假。史蒂文斯負責看家，詹姆斯的話，不管我說什麼他都會跟著我。」

「是要去幽會對吧？」

柯尼省略了快三個應該插嘴的提問，艾略特的笑容變得有些不好意思。

「這個推理也太犀利了，我可以問你為什麼這麼想嗎？」

「第一，如果是普通的國外旅行，艾略特先生應該會帶我去，因為艾略特先生希望我累積各式各樣的經驗。第二，以幽靈男爵的身分旅行，艾略特先生應該也會帶我去，因為我是幽靈男爵的助手。既然如此，這就不是一趟普通的旅行，既不是為了我，我也派不上用場，那就是幽會之旅。」

柯尼用從艾略特那裡學來的理論，抬頭看著自己的主人。

要是在他臉上發現一絲不悅的影子，自己就必須接受懲罰。但艾略特馬上恢復爽朗的笑容，拍出清脆的掌聲。

「答得真巧，我感受到你對我的信賴。」

「比起信賴，更該說是忠誠。」

「兩個都很可貴！是說，你不像其他人要回老家，所以雖然比不上朗廷酒店，但我幫你準備了有乾淨床單和溫暖飯菜的住處。」

「對一個人偶做到這種地步，艾略特先生真是一個奇特的人呢。」

柯尼如實說出自己的真心話，只聽見艾略特爽朗的笑聲。

「關於這一點，大概全倫敦的人都會同意你。好了，今天就不必照顧我，在傭人餐桌喝一壺熱呼呼的茶，制定愉快的一週計畫吧！好好伸展你的翅膀，在太陽下把羽毛晒得蓬鬆柔軟！」

「遵命，艾略特先生。衷心感謝您的關懷。」

柯尼畢恭畢敬地回答，在離開前盯著艾略特的臉。

年輕主人的臉，今天也美得毫無瑕疵。一雙宛如藍寶石的湛藍色眼睛，給陽剛精悍的臉龐添上幾分甜美印象。臉上浮現的笑容，極為直率而溫暖。他對世間流行的，冷淡又陰鬱的紳士形象不屑一顧，輕快地走出自己的路。

柯尼將那張臉深深烙印在腦海中，離開艾略特的書房。

走下聯排別墅狹窄的螺旋樓梯，柯尼碰上抱著滿滿鮮花的女僕瑪麗。她的臉一下子亮了起來，好不容易從花朵旁探出頭搭話。

「柯尼，你聽說了嗎？」

「關於休假的事，我剛才聽說了。」

「對對，就是這個！好期待呀！柯尼有要去哪裡嗎？」

瑪麗的聲音聽起來十分雀躍。聽說她十六歲，已經做女僕第二年。柯尼盯著她的臉，淡淡地回答：

「我會在倫敦度過，因為我對其他城市不熟。瑪麗要回老家對吧？」

「當然！不過，嗯，對了，禮物！我想買一點禮物回去。柯尼你在倫敦出生又在倫敦長大，應該對這裡的店很熟悉吧。」

對她有些不自然的語氣感到疑惑，柯尼微微歪著頭。

「不，完全不熟。」

「我就知道！那我來告訴你，我們一起去買東西吧！順便也幫你看看衣服。好不容易長了一張像是天使的臉，我們就去舊衣店逛逛，買一套好衣服吧！」

瑪麗對柯尼冷淡的回答毫無退縮之意，不斷靠過來。

這女孩是想和自己發展出男女之情，還是單純不發揮鄉下人般的熱心腸就活不下去呢？柯尼越想越納悶。

柯尼並不討厭瑪麗，卻無法喜歡。

因為她沒有臉。

柯尼稍微凝神，一動也不動地盯著瑪麗。

「哎呀，怎麼了？我的臉上有什麼嗎？」

瑪麗有些害羞，但柯尼看不見她的表情。從配給的藏青色長裙中生出的脖子，在柯尼眼中是光滑的木偶。視線往下，可以看見瑪麗粗糙的手正捧著花，那雙手確實是人類的手。

「瑪麗、柯尼。」

在柯尼觀察瑪麗的時候，史蒂文斯冰冷的聲音響起。

柯尼立刻端正姿勢，看向從餐廳走來的史蒂文斯。史蒂文斯一身俐落的管家裝扮，他的臉在柯尼眼中也完全是木偶的樣子。

頂著一張木偶的臉，管家站在瑪麗和柯尼面前嚴肅地說：

「……知道我為什麼叫住你們吧？」

「對不起，史蒂文斯先生，我再也不會在工作時聊天了。」

瑪麗一下子變得垂頭喪氣回答道，但果然她的臉仍然是個木偶。

柯尼也並肩站在她的身旁，向史蒂文斯道歉。他已經習慣在這種時候露出抱歉的表情。

「我也是。對不起，史蒂文斯先生。」

「嗯。瑪麗，動作快，不要讓花在放進花瓶之前就枯萎了。柯尼，艾略特先生吩咐的工作都結束了嗎？」

史蒂文斯說得特別強硬。他還年輕，缺乏威嚴，而自己侍奉的主人不但更加年少，還過著自由奔放的生活，恐怕是為了不讓自己和主人遭受愚弄而拚命樹立威信。貴族的世界也好，倫敦東區也罷，說到底都是愛面子的世界啊。柯尼這麼想著，一本正經地強調。

「已經沒事了，艾略特先生要我去餐桌喝茶。」

「那就這麼辦吧。還有，我要交代你一件事。」

「是。」

柯尼故作緊張，史蒂文斯的語氣稍微緩和了一些。

「去廚房把大家的餅乾拿來，放在餐桌上。你也吃一塊，不，吃個兩塊，配紅茶一起吃吧。」

「好的，史蒂文斯先生……謝謝。」

即使特意表達感謝，柯尼的心情卻毫無波瀾。

大家都沉浸在突如其來的休假中，但那是因為大家都是人。同是人類的話，就能看見對方的表情，露出怎樣的笑容，用怎樣的感覺訴說愛意，也更容易湧現愛著對方的心情吧。

但柯尼是個人偶。

人偶的眼睛只能看到艾略特的臉。除了他以外，柯尼沒辦法去愛任何人。

這樣的視線，該怎麼撐過一個星期呢？

◇

艾略特為自己安排的住處確實很舒適，甚至比宅邸的房間還要舒服自在。畢竟宅邸的傭人房，不過是在男僕雙人房的邊緣用窗簾隔開的一角罷了。

與此相比，這間公寓雖然是閣樓房，卻是單人房間，隔壁住的也是老實的醫學院學生。老闆娘一眼就中意柯尼，有天甚至一大早就端出煎雞蛋和培根的早餐。

「哎呀，柯尼，今天要出去？」

「雪莉夫人。」

柯尼走下狹窄的樓梯，正好碰到老闆娘。果然她的臉看上去也像木偶，看著既不會有任何感情，也不會有什麼樂趣。這種時候該說什麼好呢？柯尼想起艾略特曾誠懇又仔細地教過自己。

「難得休假，我想去逛逛街，做一些以前沒有辦法做的事。昨天太興奮了，心都靜不下來……」

「大家都是這樣吧！不過，你很棒喔。從那個年紀就開始在貴族府邸效勞，以後說不定會當上管家呢。好好把錢存起來，不要亂花喔！」

「是，謝謝夫人。」

柯尼禮貌地說完，快步衝到路上。街上淤塞著溫熱的空氣，一輛馬車嘎啦嘎啦地前行，將其撥開。昨晚下雨形成的水坑濺起泥巴，有人為此咒罵。

今年提前離開了鄉間宅邸，所以季節是夏天。這個季節在鄉下還能看到碧綠的湖水，倫敦的天空卻依舊陰沉沉的。

柯尼快步走了出去，好像有事要辦似的。因為他深知如果不這樣做，就會成為扒手眼中的肥羊。

「至今為止沒辦法做的事。」──

他在嘴裡咕噥著。那到底是什麼呢？

他做不到的事情有很多。有很多，很多，很多。

不過，柯尼不太記得在馬戲團變成人偶之前的事。

最早的記憶，是冰冷的水捲著他的腳。河水緩緩地拍打堤岸，年幼的柯尼光著腳泡在泰晤士河中，呆呆地看著黎明的到來。

無數帆船的桅桿刺向火紅的朝陽，看起來就像串烤的竹籤。一抹赤紅從被刺穿的朝陽灑下，將世界染成紅色和黑色。汙水、往河床延伸的破舊房屋、從泥巴中挑揀值錢物品的人，全都是紅色和黑色。

自己好像，覺得很漂亮。

過了一會，一旁望著河面的人抬起頭。

──柯尼。

那聲輕喚，還有伸向自己的手。

那個人的臉，應該不是木偶吧。

柯尼不太清楚。

沉浸在懷念的回憶中，柯尼向熟悉的喧囂靠近。

「便宜賣便宜賣！這麼多只要一便士！」

「來！看看這肉的品質，像骸骨一樣雪白的油脂！」

「要不要來頂時髦的帽子呀？這週末戴去看劇也適合！」

道路的兩旁擠滿攤販，吆喝聲接連不斷。

離滑鐵盧車站不遠的這條街上，有一個以勞動階級為客層的市場。販賣的東西，正是生活所需的一切。

今天是週五，在工廠附近工作的工人正在上班，所以人並不多。每到週六，想為週日買點大餐的人就像會春天的雜草般，把市場擠得水泄不通。

柯尼愣愣地聽著攤販叫賣，他沒有特別想要的東西。

在馬戲團的時候感覺一直在挨餓，他卻從未對此感到不滿，因為柯尼是個人偶，人偶本來就不吃東西的。魔術師給他食物後，他的身體狀況確實變好了，但他一直認為那是魔法。

阿布拉、卡達布拉，動起來吧！

「這位老爺，能幫我買下這個嗎？」

突然被人大聲搭話，柯尼輕輕眨了眨眼。

憂鬱視線的所及之處，是一個嬌小的男孩。他還不滿十歲的模樣，兩手捧著排滿茄子的籃子，就只是生的茄子。

柯尼靈光一閃，對他問道：

「是你爸爸要你把賣剩的茄子賣出去嗎？」

「呃……嗯。」

少年發出驚訝的聲音。至於臉，果然還是只能看成木偶。不過，大概也是一張詫異的臉吧。

在這種攤販賣東西的人，就是所謂的叫賣商人。他們一大早就上市場採購，然後在攤販或巷弄中叫賣，他們只知道這樣生活。孩子是看著父母長大的，叫賣商人的小孩，只懂得從事和父母一樣的工作。

面對柯尼的沉默，少年似乎想到什麼，氣勢洶洶地說：

「老爺，拜託啦！要是你能全部買下來，我就不用被老爸揍了，還能存到一點錢，說不定很快就能獨立了。拜託，這都是為了我的未來！」

少年說起話來像個圓滑世故的大人，柯尼盯著他的臉看。

少年看上去除了是個木偶，那張木製的臉還特別髒。

柯尼握緊口袋裡的零錢，信步走向眼前的小吃攤。他在那裡買了一個熱騰騰的牛肉派，遞給賣茄子的少年。

「我不要錢，也不要茄子。這個給你，現在就吃吧。」

「啊，喔。」

對於柯尼的說法，少年既沒有生氣也沒有失望。他爽快地收下施捨的東西，抱著茄子籮筐一股勁地吃起牛肉派。

「還是熱的，真好吃！」

將牛肉派一瞬間塞進喉嚨深處，少年發出略顯稚嫩的聲音。

那張臉依舊是髒兮兮的木偶。再怎麼填飽肚子，汙垢也完全沒有消失。

這孩子活不久了啊，柯尼心想。

柯尼總覺得自己能看出一個人是否死期將至。這和看不看得到幽靈不太一樣，也許是因為自己見過無數個瀕死的人吧。

那些人大多頂著一張髒髒的木偶臉，或是布滿裂痕。

柯尼沒有為此特別悲傷的興趣，因為人總有一天會死。

所以柯尼並沒有憐憫眼前的少年，而是隨口問道：

「這附近有什麼有趣的事嗎？最好是有幽靈出沒之類的。」

「幽靈？為什麼是幽靈？你喜歡嗎？」

「嗯，打發時間。」

柯尼自然地撒了謊。

喜歡幽靈的不是柯尼而是艾略特，靠幽靈打發時間的也是艾略特。不過只要能打發艾略特的時間，結果也就打發了柯尼的時間。柯尼很喜歡作為「幽靈男爵」存在時，像少年一樣的艾略特。

所以一有機會，他一定會問這個問題。他很少因為這件事被當成怪人，畢竟這個國家的人，自古以來就很喜歡幽靈。

少年想了想說：

「這非常有名吧？維克的幽靈。」

「維克。皇家維多利亞劇場？」

柯尼反問，少年點點頭。

「對。最近改了名字，總之還是叫維克。劇場有幽靈不奇怪，可是維克的幽靈會在頂樓座位把小孩抓走，尤其是嬰兒特別危險。」

不僅有幽靈出沒，還會擄走孩子，這是很少見的。

過去也有幽靈詛咒殺人的事件，但那是詛咒不斷累積的結果。大多數的事件，頂多就是引起騷靈現象的惡行惡事。

柯尼被引起了興趣，繼續問道：

「那些被擄走的孩子怎麼了？」

「找到的時候都死掉了。不過，聽說變漂亮了。」

「變漂亮？屍體？」

「是啊。聽說活著的時候，臉皺得像是猴子一樣的小孩，找到的時候變得像天使一樣。嗯，我差不多要做生意了。牛肉派很好吃。」

少年揮揮手，像是在說「已經把派錢相應的情報都說出來了」，逐漸走遠。柯尼望著他的背影，陷入沉思。

在頂樓座位擄走孩子的幽靈。

這的確是艾略特會喜歡的事件，但少年的形容過於片段。頂樓座位本來就是劇場裡最便宜的座位，是勞動階級人擠人的地方，與艾略特那樣的紳士格格不入。

那麼，這就是生於倫敦東區，在馬戲團長大的柯尼的事件了。

◇

從最高級到最廉價，倫敦有好幾個劇場。

高級的例如皇家音樂廳，穿著晚禮服的紳士淑女為了歌劇一類的表演蜂擁而至。廉價的是在治安不好的地段，拆除廢棄空屋的二樓地板，強行在天花板上塗漆做成劇場。

皇家維多利亞劇場不屬於其中任何一個，那是一座唱歌、莎士比亞、通俗劇統統都會上演的古老劇場。環繞舞臺的觀眾席多達三樓，在那之上還有一種座位，只要探出身子，似乎就能摸到巨大的水晶吊燈。

這個區塊的座位就是「頂樓座位」。

「哎，不好意思，借我過一下。」

濃重的口音配上尖銳的語氣，頂樓座位的男人回頭瞥了一眼。

「喔。大家，挪個位子！嘿，讓她過去，她有帶嬰兒！」

男人一喊，排列在頂樓座位的無數腦袋，就有幾顆轉向這邊。

週六的劇場擠得驚人。坐在廉價座位上的，有為了這一天精心打扮的叫賣商人、低階女僕、鞣製皮帽的工匠，還有不知道到底是做什麼的魑魅魍魎。

「妳的位子是幾號！」

「這邊還空著呢！」

「謝謝，可是我不能坐這裡的椅子！我在這裡站著看就好。」

面對一個又一個的親切招呼，抱著襁褓的女人虛應了事。

頂樓座位的椅子實在不舒適，而且一坐下就幾乎看不見舞臺，所以她的行為並不奇怪。

大家說了一句「是嗎」，就把女人的事拋在腦後。這時，女人用閃閃發光的灰綠色眼睛觀察起周圍。

破舊的繫帶帽簷下，可以看到柯尼那張像人偶一般美麗的臉。他的女裝和廉價的妝容都很完美。憑著在馬戲團學到的技術，柯尼既能成為高傲的貴婦人，也能成為滿臉麻子的洗衣女。

襁褓裡包的，是裝滿細沙的人偶。雖然做得粗糙，只要不被窺探應該不會被人發現，反正劇場裡面很昏暗。

好了，準備工作完成，那些幽靈之類的東西會從哪裡現身呢？

柯尼站在觀眾席旁的黑暗中凝神細看，座席的出入口便傳來一陣騷動。

「妳在發什麼呆，都撞到人了，走路看路！」

「讓那個孩子閉嘴，一直哭吵死了！」

「不好意思。啊，對不起，抱歉……」

被罵得縮起身體的，是一位看起來還能稱為少女的十幾歲女性。她看上去很軟弱，背上還背著一歲左右的孩子。

那也算是「嬰兒」嗎？柯尼想了想，迅速穿過人群走近她。

「妳帶嬰兒來嗎？」

柯尼若無其事地攀談，少女猛地移開視線低下頭。

「啊、是的，對不起……」

「沒關係，我也是。要不要過來這裡？還有空間喔。」

「真的嗎？妳真是太親切了，簡直就像天使……啊，哎呀，寶寶，拜託安靜點……」

少女一邊晃著背上的孩子，帶著哭腔地說。與其來這裡發出那樣的聲音，還不如老實待在家裡。柯尼沒說出口，而是親切地說：

「妳沒給他吃杜松子或鴉片酊嗎？吃了以後就會乖乖的。」

「咦……？不能給孩子吃那種東西！不行喔，那不是對身體不好嗎……！」

看著以木偶的臉對著自己說話的少女，柯尼有些詫異。從衣著來看她就是個窮人，怎麼還會考慮孩子的身體？

「可是，這孩子身體這麼虛弱，養不大的吧？」

柯尼一問，對方的態度就變得越來越嚴肅。

「不不不，不可以這樣想！每個孩子都是天使。」

「就算他哭得像惡魔一樣？」

「那是因為他還是個孩子沒辦法！妳長得那麼漂亮，也許碰上了很多辛苦的事，可是不要連內心都變得貧窮，要好好照顧孩子。」

少女那張木偶的臉貼近柯尼，把自己的手貼在柯尼抱著嬰兒的手上。那股溫暖，使柯尼的腦海突然閃過一個畫面。

火紅的夕陽。冰冷的水。伸向自己的手。

——柯尼。

那個人，果然是自己的母親吧？

讓年幼的柯尼泡在冰冷的河水，在溼泥中尋找值錢物品的母親，是個差勁的女人嗎？他知道養育自己長大的魔術師是個惡劣的傢伙。

因為英俊又高尚的艾略特曾乾脆地說：「那傢伙是人類裡的垃圾。」

可是，自己的母親呢？

「哇……啊啊啊啊，嗚嗚嗚，哇啊啊，啊啊啊啊！」

像要切斷柯尼的思緒，周圍響起淒厲的哭聲。是少女背在身上的孩子在哭，頂樓座位的觀眾一齊轉過頭來。

「讓他閉嘴！」

「妳拿他沒辦法的話，那就讓我來！」

「對不起，對不起，對不起……！」

少女拚命道歉，孩子卻激烈地哭個不停。他們引人注目到連幽靈都不會靠近，柯尼拉了拉少女的手臂。

「要不要先出去一下？寶寶的哭聲怪怪的，聽起來就像青蛙。」

「真的，哭得好大聲啊……哇，臉色好難看。應該是這裡氧氣不足，必須快點！我的孩子，我的天使要出事了！」

「……過來這邊。」

他本不需插手，但柯尼牽著她的手開始穿過人群。真是心血來潮。

不過，他覺得這孩子大概是個「好母親」。

馬戲團時期看到的母親，不是會因為一點小事就拋棄孩子，就是為了把孩子培養成藝人而毆打孩子。當上傭人後，看到的貴族母親會一整天都把孩子關在孩子的房間裡，這世上的「好母親」太少了。

所以，當「好母親」像這樣出現在眼前時，他覺得保護一下也無妨。

「讓我過去，讓我過去，這孩子病了！」

少女一叫，人們就不耐煩地讓開。

一位年輕男子抓住柯尼的手臂，連同牽著手的少女一起從人群中拉了出來。

「中途退場的話，從這邊出去。」

「謝謝。」

柯尼低著頭，徑直穿過小門。

門的盡頭是狹窄的下行樓梯。

登上頂樓座位的樓梯與通往其他座位的樓梯不同，從玄關開始就很粗糙，但這個樓梯更簡陋。借著煤氣燈明滅的光亮，柯尼和少女走下樓梯。這段期間，少女的孩子也一直在哭。

「嗚哇啊啊，哇啊，嗚嗚，咕哇！」

「……沒事吧？是不是有人惡作劇，往他嘴裡塞了什麼東西？」

在意孩子異樣的哭聲，柯尼轉過頭問。少女急忙鬆開背帶，將幼小的孩子抱在懷裡。

柯尼第一次看清她孩子的臉，心裡有股說不出的感受。

那孩子的臉看起來也是個木偶，卻異常光鮮亮麗。明明哭得那麼厲害，竟毫無死亡跡象。

一對上柯尼的視線，那孩子突然用粗獷的聲音說道：

「我怎麼可能讓那些臭小鬼的惡作劇得逞，婊子，不要動不動就回頭看。」

他的音調有點高，卻是成年男性的聲音。

這傢伙只有身高像嬰兒，是個大人。

在柯尼瞠目結舌的下一個瞬間，被少女抱著的「他」猛地一踹。

不會吧，柯尼心想。就算只是人偶，自己可是抱著一個嬰兒。

「他」踢中柯尼抱著的嬰兒人偶，柯尼的身體一下子就失去平衡。

「去吧！前面就是天堂了。」

在「他」譏笑般的聲音響起的同時，管弦樂團開始了演奏。在頂樓座位觀眾歡天喜地的踩踏聲中，柯尼被人從背後推下樓梯。

他立刻護住頭。柯尼的身體像球一樣滾下樓梯，身體各處斷斷續續地感受到衝擊，差點以為會持續到永遠。

我說不定會壞掉，柯尼想。

自己是人偶，所以臨終的時候不是「死亡」，而是「壞掉」。

他從來不曾害怕壞掉。只是覺得，要是壞掉，就沒辦法得到稱讚了。

無論何時，只有活下來的時候才能被誇獎。

——柯尼！做得好！

他想起在馬戲團工作的時候，從冰冷的水底上來時，第一個跑來稱讚自己的男人的臉。巨大鼻子盤踞在臉的正中央，就像捏著鼻子使勁扭了一下似的那張臉。縫縫補補的禮帽，一雙快要溢出的大眼。

做好死亡覺悟的柯尼，腦海中浮現的不是艾略特，而是養父魔術師的笑容。

◇

「柯尼！做得好！」

魔術師第一次不留餘力地稱讚他，是柯尼自己從獸籠裡逃出來的時候。他記得本以為會被痛打一頓，結果被魔術師熱情的擁抱嚇得一愣一愣。

魔術師絕對不是一個有氣品的男人，說起來他是個充滿支配欲的人。若非如此，他就不會對撿到的孤兒說「你是人偶」了。

他使喚柯尼做一切生活瑣事，還讓他登臺表演，一有空閒就打他。

「你沒有什麼不滿吧？創造你的人是我，也就是說我是你的神。」

「是的，主人。很高興您能創造出我。」

「喂，你這是在背什麼臺詞。說得再高興點！你可是要參加我的一流魔術師表演！」

「是的，主人。我的目標是成為主人完美的助手。」

「混蛋，人偶怎麼可能成為完美的助手，不知天高地厚！」

看到柯尼動不動就挨打，也有人表示同情。

「你知道嗎？自從你當了那個魔術師的助手，他一下子就紅了。美少年在臺上消失、被劍刺來刺去才是讓觀眾興奮的原因。你沒有他也混得下去。跟我逃跑的話，我可以養你。」

馬戲團中裝扮華麗的女孩這麼說著，不停向年幼的柯尼拋媚眼。但在柯尼眼中，那張臉也是木偶。柯尼冷淡地拒絕了她。

在柯尼眼中，能看到人臉的只有魔術師。柯尼只聽他的話，只聽從他的命令，他不在的時候什麼也不想，什麼也不做。柯尼是名副其實的完美人偶。

然而不幸的是，魔術師並不是完美的神。

「喂，都怪你，一切都搞砸了！你要怎麼補償我，我的票房，我的藝術，我的人生都毀了！明明是我的人偶，為什麼還做不好！」

魔術師終於還是老了。花招已經過時，雙手也因酒精而顫抖。

他把自己的失敗推給柯尼，不讓他吃飯，把他綁起來關在獸籠和箱子裡。柯尼坦然承受著這種不合理的對待，但不久又出現了更大的問題。

「喂，柯尼！你在哪裡？為什麼我叫你也不過來！」

有一天，魔術師忘記自己把柯尼關了起來，使勁叫著。

柯尼一片混亂。自己該去，還是不該去？經過短暫的思考，他得出了結論。既然魔術師叫他，他無論如何都必須去。

柯尼絞盡腦汁，腦袋裡冒著火花，尋找解決辦法。只要試著去找，就能發現很多線索。魔術師教過他如何開鎖，特技演員和空中飛人的女孩擅自教過他如何使用身體，如何活動肌肉，還有關節能彎曲到什麼程度。

把之前一直忽視的一切全部動員起來，就能把身體扭轉到難以想像的方向。接下來不管皮膚會不會被磨破，也不管汗水會不會浸溼襯衫，只管繼續努力。

柯尼自己掙脫繩子，卸了關節，再把腳從沉重的腳鐐中拔了出來。他重新裝上關節，取出縫在領片裡，用來保持誇張褶邊的鐵絲，打開門鎖，終於逃出牢籠。

「怎麼這麼慢啊！嗯？……你是自己一個人出來的？從那個籠子裡？」

在柯尼說明來龍去脈的時候，魔術師的表情就像是在看一場表演。本就鬆弛的臉因張大嘴巴變得更加扭曲，眼看整張臉就要崩毀。

柯尼感到不安，但魔術師立刻大吼大叫地抱住了他。

「柯尼！幹得好！真虧你能做到，不愧是我的人偶！」

溫暖得嚇人的擁抱，讓柯尼睜大眼睛。

第一次被他這麼對待，都不知道原來他能發出這樣的聲音。魔術師開心地咯咯笑，拉著柯尼的手在狹小的房間裡跳個不停。柯尼拖著仍有一些麻痺的身體跟著他起舞，隱約感到高興，同時也感到胸口一陣疼痛。

就這樣，柯尼終於明白了。魔術師並不是想弄壞人偶，是想要能表演各種技藝的人偶。

柯尼天生學得快，身體素質也很好。所以在那之後的一段時間，一切都出奇順利。柯尼睜開眼睛，側耳傾聽，琢磨新學到的技術，以「大逃脫」為賣點與魔術師一起登臺表演。

那是一段輝煌時代。

掌聲、掌聲、掌聲！每一天都充滿掌聲！

無論表演什麼，觀眾都是前所未見的感動。裹著一身皮草的紳士淑女特意起身鼓掌，魔術師的休息室擺滿鮮花，甚至滿到走廊，馬戲團劇場掛滿了魔術師長相的巨大看板。

柯尼用盡各種手段，上演大逃脫。一開始是皮箱或木箱，要是觀眾看膩了，就改成金庫或籠子。如果連這些也厭倦，那就換成水槽！

利用自己的身體能力，柯尼逐一滿足魔術師的無理要求，花樣也越來越多。只要端出精彩的演出，觀眾就會買單。

「柯尼，幹得好！」

每一次成功逃脫，魔術師都會跑到柯尼身邊擁抱他。那時的幸福感，就像有一顆金色的星星在眼前閃閃發光。星星的碎片讓一切都看起來閃閃發光，柯尼為自己是他的人偶感到無比幸福。

魔術師和柯尼是一對完美的搭檔。

——在那位紳士到來之前。

「你就是柯尼．布朗先生吧。要不要和我的劇場合作？可以賺大錢喔。買得起房子，又受女性歡迎，以你的外表絕對能當上大明星。」

紳士用粗獷的聲音說著好聽的話，一張木偶的臉靜靜靠向柯尼。

「……有大逃脫技術的人不是魔術師，而是你吧？」

說什麼傻話。怎麼可能呢，我明明是個人偶。

柯尼毫不客氣地拒絕紳士的請求，急忙回去練習魔術。

是誰想出逃脫的招數，已經不重要了。他不想放棄人偶的身分，他幾乎不記得成為人偶之前的事，那時的自己一無所有。

是魔術師賦予了自己一切。人偶不可能一個人站在舞臺上，也不可能擁有家人和房子。要是和魔術師分開，魔法就會解除，只能變回原來的人偶沉入泥沼吧。

柯尼不想要那樣，他想一直做個人偶，永遠站在舞臺上。他想永遠被魔術師抱著，聽著臺下的掌聲。

但是說到底，柯尼的世界裡沒有永遠。

在那位油膩紳士提出要求的那天，柯尼被銬上手銬、關進箱子裡，上演一場沉入泰晤士河的表演。柯尼像往常一樣，在箱子裡急急忙忙地想解開手銬，但是卻解不開。鑰匙孔被封死了。

柯尼一愣，然後馬上明白了一切。

只有魔術師能動這種手腳。

是嗎？他都聽到了。他聽見紳士和自己的對話，無法將自己拱手於人。柯尼用箱子裡的裝置逃出，但也到此為止了。戴著手銬無法游泳，就算想辦法浮起來，魔術師大概也不會再擁抱自己了吧。

這樣的話，那只能壞掉了。

柯尼並不悲傷，只是有點困惑。人類很複雜，有太多人偶無法理解的事情，不過已經無所謂了。想到這裡，柯尼的眼前出現一些閃光。撐過去就不會有痛苦了吧，他想。壞掉是件很輕鬆的事，被冰冷的黑水包裹，被無數死者的手纏住，墜入深淵，逐漸毀壞。

好冷、好冰。

身體好冷。沒辦法呼吸。

好冷，水好冰，好難受，紅色——紅色的、夕陽。

有一個人向自己伸出手。

柯尼輕聲說。

我好冷。

救救我，我的——

「……先生……」

顫抖的嘴唇溢出微弱的聲音。

柯尼瞬間睜開眼睛。

他只是慢吞吞地轉動眼球，環顧四周。

四處一片黑暗，但不是在水裡。剛才為止都是夢嗎？那麼，這裡是哪裡呢？自己身上穿的是……褪色的裙子。

看見粗陋舊衣的瞬間，柯尼猛地想起至今發生的事。

沒錯，自己不久之前都還在劇場。聽聞有出現在頂樓座位的幽靈，他正是為此而來。他被在那裡遇見的男人踢下樓梯……在自己痛苦呻吟的時候，他記得有好幾顆戴著白色頭巾的腦袋探過來。他覺得自己勢單力薄，於是假裝昏厥。也許是在觀望的過程中，意識也逐漸淡去了。

柯尼拖著疼痛的身體想要站起來，卻發現雙手被反綁在後。解繩子正是他的拿手絕活，但得先定睛看清黑暗裡的東西。

凹凸不平的地板是岩石，是人工挖出來的。

四周很冷，彷彿全身都要凍僵了，而且有點喘不過氣。

「這裡是靠近天堂的地方。」

「我會把你變成天使。」

他依稀想起方才那些戴白頭巾的人對自己說的話。他們的聲音溫柔得讓人噁心，柯尼卻無動於衷。

「……人偶不可能成為天使。」

柯尼喃喃自語，專注於解開手上的束縛。只要不是非常特殊，用來拘束的繩結只有那幾種，而柯尼對所有特殊繩結的打法也都瞭若指掌。

柯尼沒花多少時間就解開繩子，再來是確認房間的情況。房間裡一個家具也沒有，出口是一扇小鐵門，當然是鎖著的。

靠近地板的地方，有一個老鼠窩大小的洞，顯然冷空氣是從那裡吹出來的。牆的對面感覺是空洞。他將耳朵貼在冰冷的岩壁上一動也不動，聽見遠處傳來轟隆隆的轟響。

「皇家維多利亞……滑鐵盧車站……西敏……」

柯尼試圖想起劇場周邊的地圖。口中嘀咕到一半，身體突然癱倒在地。他急忙重新站起身，這一次卻發現頭暈腦脹。

是因為太冷了嗎？還是因為從樓梯上摔下來，撞到什麼地方？不管是哪一個，他可以確定身體的狀況不太對勁。

「……也許可以開鎖，可是敵人有好幾個，不知道能不能平安到達地面。就算這樣也還是得逃出去嗎？主人。」

他自言自語，想起現在主人的臉。

柯尼第一次看到那張臉，是他戴著解不開的手銬沉入泰晤士河的時候。

在不斷下沉的過程中，眼前開始出現一些奇妙的閃光，他以為自己差不多要壞掉了。

他便是在那個時候突然出現。

穿著一身昂貴得離譜的衣服跳進河裡，深深沉入水中，出現在柯尼面前的一位紳士。他一抓住自己的手臂，柯尼就能看到他的臉。

黑色的眼罩襯出蒼白的皮膚，深邃的臉龐浮現出嚴肅的表情。一雙深藍色的眼睛，毫無畏懼地從正對面凝視自己。

他還記得當時的驚喜，也記得深刻的恐懼。

那時烙印在腦海中的艾略特的臉，清晰地活在柯尼的記憶中。記憶中的他爽朗地笑著，說出很有他的風格的話。

「你自己想一想，覺得可以就去做吧。」

「自己……想。」

對，他一定會這麼說。

他就是那樣，在最後的最後撇開自己。

柯尼的表情自然變得嚴肅起來，沉思了一會。接著微微一笑，坐在地板上。

一這麼做，就能清楚知道冷空氣堆積在房間的底部，身體轉眼就變得冰冷。倒也不是很不舒服，只是眼皮一下子沉重下來。

「你真的想這樣做嗎，柯尼？」

腦海中的艾略特露出有些悲傷的表情，柯尼噗哧笑出聲。

「您不是說，我覺得怎麼做好就怎麼做嗎？」

「就算我那麼說，你這樣做會死的。」

「沒關係。因為……」

……好睏。連在腦海裡繼續對話都變得困難，柯尼的身體突然向前傾。

要是就這樣睡著該有多輕鬆啊，但他還是得睜著眼睛。艾略特還在他的腦海裡哀嘆。

「你還有很多我必須讓你經歷的幸福，有一份很長很長的清單。我們一起列出來的，你知道的吧？」

「我知道，主人，您就是那樣的人。可是，我……」

好不容易堅持了一段時間，柯尼的眼皮越來越沉重。他的意識漸漸模糊，剎那間做了一個夢，夢見自己沉入泰晤士河，撈著河底的淤泥。

不行，我得醒來。加把勁，只差一點了。

睜開你的眼睛，柯尼·布朗。你很快就能看到它了。對，就是現在。有一些白色的東西輕輕掠過視野對吧，就是那個。

——那是幽靈。

「我看到了……我看到了，艾略特先生。剛才房間裡只有我一個人，現在卻有一個穿地鐵制服的男人慢悠悠地走來走去。剛剛從天花板上下來的，是個扛著十字鎬的工人吧。啊，有好多幽靈……很多很多。這就是您眼中的世界。」

「小心點，柯尼。當你看得見那麼多幽靈，就是你快死的時候。」

艾略特在他腦海中的聲音變得嚴厲起來，柯尼卻用徹底泛紫的嘴唇露出笑容。那種事情他早就知道了。他現在對壞掉這件事情有點害怕，因為那將再也沒辦法讓艾略特抱緊自己。

可是，即便如此。

能擁有和艾略特同樣的視野，他還是很高興。

◇

「空氣夠流通嗎？」

「有的，天使長大人。」

「那就開門吧，讓我們迎接新的天使。」

一身白衣的男女，用鄭重的語調交談著。

兩人都穿著修士般的白袍，腰間纏著粗繩，頭上罩著只露出眼睛的白色頭巾。被稱為天使長的似乎是個女人。

兩人站在倫敦的地下深處，就在柯尼被囚禁的房間外面。女人確認門內沒任何聲音後，向男人點了點頭。高個子的男人恭恭敬敬地走上前，用戴著厚重手套的手打開鐵門鎖。

鐵門嘎吱一聲打開的同時，一股寒氣颼颼流出。

女人的身體劇烈地抖了一下，以溫柔歌唱般的聲音提著油燈走進門。

「天使，別害怕。雖然有點冷，但是死得很舒服吧？其實像你這麼大的孩子要成為天使是有點遲了，可是是你不應該帶嬰兒的人偶過來。而且還扮成一個女人！在以前可是會判死刑的。不過，一定沒問題。你長得那麼可愛，死了以後一定會變成好天使……哎呀？」

「……天使長，您怎麼了？」

聽見女人的臺詞突兀中斷，男人問道。

女人站在幾乎是正方形的房間正中央，不知所措地歪著頭。摔下樓又被綁住雙手的柯尼應該倒在這裡才對，但是，現場只剩下一件長裙。她把裙子翻過來看了好幾次，回頭看向男人。

「新的天使融化了。就像那塊乾冰，一點痕跡也沒有。這不就是罕見的偉大升天嗎？他果然有成為天使的才能。」

「這……不，怎麼會呢！那些冰只會讓人凍死或窒息死亡，怎麼可能讓人融化，應該不會發生這種不科學的事……嗚咕！」

男人慌慌張張地說著，試圖進入房間。然而一進門就發出豬被擠壓似的聲音。

「咦，什麼？怎麼了？發生了什麼事！」

「咕、咕嗚、嗚、咕嗚嗚……」

女人驚慌失色，看見男人掙扎亂蹬的雙腿完全浮在空中，她倒吸一口涼氣。她提起油燈，發現男人的脖子掛著一根似曾相識的粗繩。

「咿！」

女人被男人眼珠快溢出來的樣子嚇得抱住自己。

這時，從上面傳來一個冰冷的聲音。

「這是天譴。」

「誰、是誰？是誰在那裡！」

女人往後退了幾步，渾身顫抖。剛才的聲音是從「上面」傳來的，這個房間的上面有什麼？女人很清楚，至少那裡沒有讓人躲藏的地方。

儘管如此，柯尼的聲音卻依然平靜地降臨。

「對，我就在這裡。妳是幽靈嗎？」

「不……不是的，我是地底的天使長！那個男人也是神的使者，不想受到神的懲罰就立刻放開他！」

女人好不容易恢復威嚴大喊，男人的身體就被乾脆地鬆開。

「嗚噁……咳、咳、咳咳！」

男人撲通一聲摔落，劇烈咳嗽起來。柯尼緩緩降落在他身旁。女人死命地把油燈轉向柯尼，就看見耀眼的金髮閃閃發光。脫下裙子的柯尼，穿著像空中飛人一樣合身的衣服。

那張臉面無表情，令人不寒而慄，女人不自覺地吞了吞口水。

「你們就是在維克的觀眾中把孩子擄走，把人從舊樓梯帶到地下室，再丟進這個房間殺掉的凶手吧？」

柯尼語氣冰冷地確認，女人搖了搖頭。

「不是的，不是那樣的！我們是對不幸的孩子們施以慈悲。」

「死亡就是你們給的慈悲。『那些孩子死去的臉龐都很漂亮』大概是凍死的緣故吧，凍死的酒鬼大多有一張漂亮的臉。我不知道你們是用什麼方法製造出冷氣，但我馬上就知道是從地板附近的通風口進來的。我在危急的時候開鎖逃出，看準你們還會回來，又回到裡面把門重新鎖上，躲在天花板附近的凹洞裡。」

「……真的嗎？簡直不敢相信。人類能做到那種事？」

女人驚訝是有道理的，但也無可奈何，因為這是事實。柯尼聳了聳肩，隨口回答：

「我是人偶，就算被倒吊在拷問刑具上也能解開手銬。這沒什麼大不了的。」

「你……」

「如果這裡還有其他孩子，把他們放出來，因為妳馬上就會覺得那樣做比較好。」

聽到柯尼這麼說，好不容易恢復狀態的男人緩緩站了起來。

「你……混帳！竟然敢玷汙我們的樂園！」

要是變成用武力打架就麻煩了，柯尼心想，但他還是特意讓全身放鬆下來。與體格明顯勝過自己的對手打架時，速度將決定勝負。他準備好隨時都能馬上動作，卻意外地被女人擋在中間。

「等等，同志。交給我吧。」

「您確定？這傢伙當不了天使的，他長得太大了，靈魂過於骯髒，沒有資格成為天使！」

「那也是大人害的。都是那些骯髒大人的錯，對吧？」

女人摩挲著男人的背安撫他，然後摘下自己的白頭巾。那張對柯尼溫柔微笑的臉，果然是在頂樓座位看到的少女。明明還年輕啊，柯尼心想。少女急切地向他搭話。

「又是拷問刑具又是手銬……你一定遭遇了特別糟糕的事吧。卻又因為自己的優秀無法死去，一直面對無盡的痛苦，才會說自己是個人偶……我了解的。扮成女裝來到這種地方，一定也不是你的意志吧？是被強迫的吧？」

柯尼張開嘴想要馬上回答，卻陷入混亂。

這種時候，該怎麼回答才好呢？他來這裡的確是為了艾略特，卻不是因為收到了艾略特的命令。那是自己的意志嗎？要是少女這麼問，他也沒有自信回答，因為自己只是個人偶。

猶豫中，少女走近柯尼，輕輕觸碰他瘦弱的手臂。那是一種輕柔的觸碰，就像觸碰脆弱的物體一般。

「沒關係，我可以救像你這樣的孩子。我可以比你的主人還要更仁慈地拯救你，因為我有能力讓你成為天使。你應該學過《聖經》吧？」

「完全沒有。」

柯尼這麼一說，少女的眼睛就閃著朦朧的光。她的手指用力掐住柯尼的手臂。

「那你的主人根本就沒有要救你的意思。因為每個人都不敢去想死後會變成什麼樣，不是嗎？將人從那種恐懼拯救出來的，就是《聖經》啊。可是大多數人對《聖經》的解釋都是錯的，所以才馬上就感到悲傷。」

「《聖經》的解釋……」

實際上，艾略特對柯尼講了許多關於《聖經》的故事，其他傭人也教他做各種祈禱。但那並不是學習，也不會因為那樣做就改變想法。

眼前的少女，說了對柯尼來說非常不可思議的話。

她繼續說：

「我們成功地解釋了聖經。你仔細聽好，天堂不是在雲上，而是在地下。」

「……所以才會在這種地方？」

柯尼反問，女人得意地笑著點點頭。

「沒錯。根據最新的科學，地底的深處蘊藏著猛烈的熱量，這些熱量是世界的心臟，也是產生驅動恆星的乙太熔爐。我們越靠近那裡，就離天堂越近，使我們更接近完全人。」

「我沒有特別想要成為完全人。」

「那是因為你不知道完全的狀態！你被操縱了，才一直對這些一無所知，和許多不幸的孩子一樣。仔細聽好，我的使命是讓那些不幸的孩子成為天使，僅僅如此。我只選那些活下去注定不幸的孩子，讓他們成為地下的幸福天使。我會幫他們，把這一生的不幸都消除。」

少女的話從柯尼的耳邊傳來，落入他的心臟，發出咕咚的聲音。柯尼知道那些不幸的孩子，也知道幸福的孩子。這兩種孩子很少互換，貴族出身的長大後就會成為貴族，生在泥灘裡的充其量也就成為碼頭工人，那就是這個世界的規則。

如果這樣的世界有平等的救贖，確實或許只有「不痛苦的死亡」。

少女溫柔地說著：

「你吃了不少苦頭，非常非常辛苦。所以才會明白吧？持續痛苦的人生才不是幸福。我不會說活著是正確的，我會拯救你，代替你的主人。」

聽到這裡，柯尼猛地抬起頭。他一字一句清晰地說：

「妳沒辦法取代艾略特先生。」

「是嗎？可是，我覺得我一定能救你。」

柯尼盯著那個笑得一動也不動的女人。

「所以才說妳不行。我不是因為艾略特先生救了我才跟著他的。」

「哦，那你是為了什麼？為了錢嗎？還是……」

少女一邊平靜地持續對話，一邊若無其事地摸索白袍的口袋。一旁默默聽著的男人，表情也變得險惡起來。捕捉到男人的動靜，柯尼掏出藏在身後的槍。

「妳該不會是在找這個？」

他把槍口抵在少女的額頭正中央，親切地問。

然後柯尼生動地笑了起來。一頭捲曲的金髮垂在額頭上，他用天使般無邪的臉龐說：

「要不要成為天使看看？我來幫妳消除這一生的痛苦。」

他的語氣極其平淡。不知從毫不心虛的柯尼身上看見了什麼，少女的臉色逐漸變蒼白。

「天使長大人！您沒事吧！」

過了片刻，啪噠啪噠的腳步聲從少女身後的昏暗通道傳來。少女一副如釋重負的表情，拚命提高嗓門。

「我在這邊，快點，快過來，得趕快救這個孩子……」

「我馬上過去！」

男人隨即應聲，黑暗中浮現一身白袍。跟在少女身邊的男人似乎也完全放下心來，他慢慢湊近新來的同伴，心急如火地說：

「趕快過來，有槍嗎？」

「我想天使長可能出事了，就帶了過來！」

新來的男人說著，迅速從懷裡掏出槍。少女同伴的男人頻頻點頭，用手指向柯尼。新來的男人深深點頭，將槍口對準少女同伴的膝蓋，毫不猶豫地開槍。

「呃，啊，什麼？怎麼會……哇啊啊啊啊！」

「什麼？怎麼了？發生什麼事？」

少女的臉色變得像紙一樣蒼白，吃驚不已。柯尼靜靜地放下槍，看向通道。少女的同伴捂著滿是鮮血的膝蓋在地上打滾，而新來的男人仍然將槍口指著他。

至於其他新面孔，則各自拿著警棍觀望。

「什麼……？你們是什麼人……？」

少女呆若木雞地問道，新來的持槍男子粗暴地摘下自己的頭巾。頭巾下露出一張像阿波羅像的臉龐，柯尼感覺自己的嘴角微微揚起。

蒼白的臉上戴著平時的眼罩，藍色的眼眸泛著有些過於銳利的光芒，是艾略特。

他手裡拿著槍，只盯著柯尼微微一笑。

「謝謝你叫我，柯尼。多虧你我才能趕上。」

「抱歉，艾略特先生。我想幫您找一些幽靈事件，但如您所見，好像只是一群惡徒。」

柯尼發自內心地道歉，艾略特維持銳利的眼神笑出聲來。

少女微微張嘴，呆呆地站著。直到身穿白袍的新面孔紛紛摘下頭巾和裝束，露出警察制服，她才緩緩癱倒在地。

◇

「現在想起來，還真是心驚膽顫啊。」

「非常抱歉，可是……」

「你是可以頂嘴的立場嗎？」

「可是……把客房給傭人使用，傳出去不好吧。」

柯尼躺在天篷床上嘟噥，艾略特坐在他身邊，略帶促狹地挑了挑眉毛。

柯尼的假期，以「維克天使長事件」落幕。

根據報紙和維克多告訴艾略特的傳聞，盤踞在維克地下的，是一群信奉「地球內部是個空洞，天堂就在那裡」這種奇特教義的信徒。據說行凶的少女原本是個女僕，身材矮小的男人則是她的弟弟。從事工匠的父母死後，姐弟倆流落街頭被人收留，在落腳的家中沾染上這個教義。

追本溯源，似乎也與知識份子和上流社會有關。維克多嘆了口氣，接下來就是警察的工作了。

作為讓案件曝光的重要人物，艾略特要柯尼在聯排別墅的客房休養。供客人住宿的房間擺滿了再三推敲的東方奢侈品，實在讓人靜不下心來。加上艾略特緊緊地跟在床邊，柯尼即使躺著也毫無睡意。

「要是擔心被人說話，扮成女裝混進頂樓座位也很不得了喔。」

「……對不起，都怪我把您叫來，讓您難得的旅行泡湯了。」

背靠繡有大象的靠墊，柯尼低下頭來。艾略特苦笑著從椅子上站起來。他直接坐在柯尼的床邊，將手指交叉在雙腿之間溫和地說：

「你只有在快死的時候才能呼喚我。所以在你能呼喚的時候，無論何時都該那麼做。而且這次，你把所有去救你時需要的資訊都統整得很清楚，真是太棒了。皇家維多利亞劇場的頂樓座位、女人的臉、白色頭巾、房間的樣子、從牆壁傳來的地鐵聲，還有貌似同樣是地鐵職員的幽靈們。那裡是開挖地鐵時隧道的一部分，和劇場的地下室是用一條狹窄的通道連接起來的。因為我能解釋得這麼仔細，警察也願意出動。」

「這些方法都是艾略特先生教我的。」

艾略特盯著得意洋洋的柯尼，把手放在他的頭上。然後豪爽地揉著他的頭髮，把臉湊了過去。

柯尼猶豫地與主人對視。

艾略特那只有一隻藍色的眼睛浮現出為難的神色。

「只要你呼喚我，我隨時都會去救你。那個時候也是吧？」

「……是的。」

那個時候。

當柯尼沉入泰晤士河時。

回想當時情景，柯尼的臉上不由自主地浮現笑容。

那時艾略特聽見柯尼呼喚的聲音——準確來說，是一種思念，一種心聲一樣的東西。柯尼完全沒意識到，但艾略特擅自聽見了他的聲音。

一看清就這麼跳進河裡的艾略特的臉，柯尼瞬間就愣住了。

因為一開始，他的臉看起來就是個坑坑疤疤的骯髒木偶。

這下不妙，他想，這是馬上就會死的人的臉。都怪他跳進髒兮兮的河裡，是傻瓜嗎？想到這裡，柯尼心急如焚，不由得向他伸出手。

在艾略特回握柯尼的手時，不可思議的事情發生了。

艾略特的臉變乾淨了。

原本滿是坑洞、骯髒不堪的木偶，頓時和新的一樣漂亮。在柯尼目瞪口呆的時候，那張臉又完全變成了人的臉。為一連串初次發生的事情驚訝的柯尼，被艾略特順著跳進河裡時握在手中的繩子拉上岸。

終於能在水面上呼吸空氣的兩人，只是拚命地重複吸氣。

能先說話的是艾略特。他用或哭或笑的表情將柯尼抱進懷裡，喘著氣喊道：

「你呼喚母親的聲音還真驚人！」

媽媽。媽媽。火紅的夕陽。冰冷的水。

我，呼喊了媽媽嗎？

我沒有做那種事，柯尼試圖回話，卻不知為何發不出聲音。感覺從喉嚨深處到胃底，都被一股陌生的溫暖填滿。

那是什麼？到底，發生了什麼？

那時的自己完全不明白發生了什麼事，不過隨著被艾略特收留在宅邸，學習各種事物，也逐漸意識到那股溫暖的含義。

那股溫暖，就是「自尊心」。

一位外表出眾又美麗親切的紳士，牽著柯尼的手復活了。

儘管理由不明，但對沉入河中、哭著渴求母親的柯尼伸出援手後，這位紳士得救了。他的臉，鮮明得足以讓死亡的陰影都煙消雲散。

這是第一次，自己第一次這樣救了一個人。

用這雙手，救了人。

那個事實，成為一道耀眼的光輝，照亮著柯尼的心。

艾略特，一個孤獨的人。艾略特，一個高潔的人。在宅邸一起生活了好幾年，現在的柯尼可以理解。靠家人的獻身得以活下來的他，一直都在尋找自己能拯救的人。

光是被人拯救是活不下去的。

想用這雙手拯救某個人。

這是艾略特和柯尼，唯一相同的感受。

柯尼垂下長長的睫毛，把頭靠在艾略特的胸前。

艾略特輕柔地抱住柯尼的肩膀。柯尼的臉頰輕輕蹭了蹭散發著高雅華麗香味的襯衫，對自己說。

我還是再稍微裝成一個不幸又柔弱的少年吧。要是那樣能拯救你，無論多少次我都會那麼做。

在你身陷危險的時候以外，我只要做個人偶就行了。

因為那是拯救我和你的方式。

被一絲滿足包裹著，柯尼在心裡喃喃自語。

「……話說回來，艾略特先生。您其實是打算去哪裡旅行？我還以為您要花更多時間才能回來。」

「能注意到這一點的就是你了。嗯，這就任君想像嘍。」

「原來如此。表面上是旅行，其實是在倫敦的某個地方沉浸於幽會的泥沼？」

「你好不留情啊！哈哈，這才是我的童僕。」

艾略特開懷大笑，再次擁抱柯尼。

柯尼也露出自己沒有意識到的，一個極為普通的少年般的笑容。

只要有這個人在，天使長、聖經還是地下樂園，柯尼都不需要。陰鬱的倫敦有幽靈男爵就足夠了。

——《有閒貴族艾略特的優雅事件簿》完

參考文獻

『ヴィクトリア時代　ロンドン路地裏の生活誌　上・下』ヘンリー・メイヒュー著　ジョン・キャニング　編　植松靖夫　訳（原書房）
『ヴィクトリア朝小説と犯罪』西條隆雄　編（音羽書房鶴見書店）
『イギリス風殺人事件の愉しみ方』ルーシー・ワースリー　著　中島俊郎、玉井史絵　訳（ＮＴＴ出版）
『ホームズのヴィクトリア朝ロンドン案内』小林司、東山あかね　著（新潮社）
『図説　呪われたロンドンの歴史』ジョン・Ｄ・ライト　著　井上廣美　訳（原書房）
『英国メイドの世界』久我真樹　著（講談社）
『図説　英国社交界ガイド　エチケット・ブックに見る19世紀英国レディの生活』村上リコ　著（河出書房新社）
『図説　英国貴族の令嬢』村上リコ　著（河出書房新社）
『ヴィクトリアン・レディーのための秘密のガイド』テレサ・オニール　著　松

尾恭子　訳（東京創元社）
『〈インテリア〉で読むイギリス小説―室内空間の変容―』久守和子、中川僚子編（ミネルヴァ書房）
『達人たちの大英博物館』松居竜五、小山騰、牧田健史　著（講談社）
『ミイラの謎』フランソワーズ・デュナン、ロジェ・リシタンベール　著　吉村作治　監修　南條郁子　訳（創元社）
『問題だらけの女性たち』ジャッキー・フレミング　著　松田青子　訳（河出書房新社）
『フーディーニ!!!』ケネス・シルバーマン　著　高井宏子、庄司宏子、大田原眞澄　訳（アスペクト）
『ヒステリーの歴史』エティエンヌ・トリヤ　著　安田一郎、横倉れい　訳（青土社）

高寶書版集團
gobooks.com.tw

LN005

有閒貴族艾略特的優雅事件簿
有閑貴族エリオットの幽雅な事件簿

作　　者　栗原千尋
繪　　者　カズアキ
譯　　者　高秋雅
編　　輯　薛怡冠
校　　對　陳凱筠
封面設計　陳思羽
排　　版　彭立瑋
版　　權　張莎凌
企　　劃　方慧娟

發 行 人　朱凱蕾
出　　版　三日月書版股份有限公司
　　　　　Printed in Taiwan
地　　址　臺北市內湖區洲子街88號3樓
網　　址　www.gobooks.com.tw
電　　話　(02) 27992788
電　　郵　readers@gobooks.com.tw（讀者服務部）
傳　　真　出版部 (02) 27990909　行銷部 (02) 27993088
郵政劃撥　50404557
戶　　名　三日月書版股份有限公司
發　　行　英屬維京群島商高寶國際有限公司臺灣分公司
　　　　　Global Group Holdings, Ltd.
初版日期　2022年6月

國家圖書館出版品預行編目(CIP)資料

有閒貴族艾略特的優雅事件簿 / 栗原千尋著；高秋雅譯.-- 初版. -- 臺北市：三日月書版股份有限公司出版：英屬維京群島商高寶國際有限公司臺灣分公司 發行, 2022.06-
　冊；　公分. --

譯自：有閑貴族エリオットの幽雅な事件簿

ISBN 978-986-0774-88-7(平裝)

861.57　　　　111003234

三日月書版

三日月書版

GOBOOKS
& SITAK
GROUP ©

GOBOOKS
& SITAK
GROUP©